北西の祭典

Fiesta al noroeste

アナ・マリア・マトゥテ＝著
大西 亮＝訳

現代企画室

北西の祭典

アナ・マリア・マトゥテ　大西亮＝訳

セルバンテス賞コレクション 10
企画・監修＝寺尾隆吉＋稲本健二
協力＝セルバンテス文化センター（東京）

Instituto
Cervantes

Fiesta al Noroeste
ANA MARÍA MATUTE

Traducido por ONISHI Makoto

本書は、スペイン文化省書籍図書館総局の助成金を得て、
出版されるものです。

目次

1

ディンゴの鞭が、黒い稲妻のような乾いた音をたてる。明け方からの雨がまだ降りやまない。灰の水曜日まであと三日、もうすぐ午後六時だ。年老いた馬のたてがみは雨にびっしょり濡れ、旅芸人の馬車はひっきりなしに焦げついた音を響かせる。仮面の微笑み、鬘《かつら》、眠そうに欠伸をしている、芸を仕込まれた数匹の犬たち、いつ果てるとも知れない、声にならない呻き。

それらすべてを、御者台に座ったディンゴは、項《うなじ》をくすぐられるように、かすかに感じとっていた。七色に塗られた馬車のなかでは、仮装用の衣装を詰めこんだ古いトランクや、太鼓叩きのだんまり、調教された三匹の犬が横たわり、屋根を打つ雨の下で眠りこんでいる。

一行はアルタミラに差しかかったところだった。周囲から孤立したその一帯は、いまままさに謝肉祭の真っ最中である。アルタミラは、耕作に不向きな土地である。大地も空も、そこに住む人々にとってきわめて苛酷だった。アルタミラには、点在する三つの村――高地アルタミラ、低地アルタミラ、中央アルタミラ――があり、愛想のない眼差しを互いに交わしている。大アルタミラと呼ばれることもある中央アルタミラには、村役場と教会の建物が並んでいた。ディンゴは、まだ子どもの時分、いま谷底に見下ろしている低地アルタミラ、ほかの村に比べてひときわみすぼらしい低地アルタミラから逃げ出し、旅芸人一座の後を追って遍歴の旅に出た。時おりドミンゴと名乗ることがあったが、それは彼が日曜日《ドミンゴ》に生まれたからである。その名のとおり、自らの人生を永遠につづく祝祭にしようという望みを抱いていた。あれから長い年月、長い時間――両者を区別することなどできようか？――が過ぎ去ったいま、ディンゴが走らせる馬車は、そびえる丘の麓、最初の村めがけて避けがたい運命のように下っていく広い道の途中で停車した。ごつごつした急な坂道は、来るものすべてを呑みこもうとしているかにみえた。

眼窩の奥深くへもぐりこもうとする瞳から放たれるディンゴの傷ついた視線は、久方ぶりに目にする谷間の景色を眺め渡した。くすんだ色の岩々に縁どられた谷底、薄汚れ、飢えた指先になかばかき消されたようなあばら家の立ち並ぶ谷底は、どれほど深くディンゴの目に映ったことだろう。彼はそこにふたたび樫の木の森を、鋭い樹影を誇らしげにそびやかす緑のポプラの斜面を見出した。森の木々は、密生しているにもかかわらず、その一本一本が、不遜な孤独を醸し出していた。人間と同じように、あるいは、日に焼けた肌の、大きな手をしたアルタミラの住人と同じように。停車した馬車の御者台に腰を下ろしたディンゴは、身じろぎもせず、いまにも鞭をくれようといわんばかりに片腕を高く掲げていた。その離れた両目は、こめかみの近くに瞳をつけたまま人生を真正面から見据えることなく世の中を渡ってきたディンゴの生きざまを物語っているようだった。ディンゴが被った防水頭巾の縁と馬車の車軸には、雨粒が音をたててぶつかり、凍った火花を散らしている。彼は地面に唾を吐くと、馬に鞭をくれた。

ディンゴの耳には、木製の馬車がいたるところで悲鳴をあげるのが聞こえた。できるだけ早くアルタミラを通り過ぎることだけを考えて、坂道をまっしぐらに駆け下りた。忘れようにも忘れられない昔日の辱めや蔑みの記憶を剣として携え、村を串刺しにしようとでもするように、一気に駆け抜けることだけを考えた。とにかく一刻も早くそこから抜け出し、正面の丘をてっぺんまで駆け上がり、谷の向こうへ出ることだ。そして、無慈悲な空の下で雨に烟《けむ》り、赤茶色の沼地と化した村から永遠に立ち去ることだ。唸りをあげる四つの車輪は、赤茶けた泥にまみれて回転し、その一つひとつが激しく軋みながら、鋭い音をたてている。それでいてすべての車輪が一台の馬車につながれているところは、男と女を結びつける頸木《くびき》となんら変わるところがなかった。ディンゴは、四つの車輪が自身の体の一部となって両脇にはめこまれているような錯覚をおぼえた。

馬車に積みこまれた犬は、衝撃が走るたびに一塊となって弾き飛ばされ、一斉に吠え立てた。ディンゴは、鬘《かつら》の下で温和な表情を浮かべてほほえんでいる仮面を思い浮かべ、愉快な気分に浸った。

稲妻が大地を白く照らし出した。詩劇などとはおよそ無縁の生活を送る人々が暮らすアルタミラなど早く通り過ぎてしまうことだ。谷底の向こう側、彼方にそびえる青い山にたどり着きさえすれば、祝祭の馬車をふたたび走らせていくことができる。たった一人の道化役者が十人もの登場人物を演じ分ける無言劇をひきつれていくことができるのだ。ディンゴは、十の仮面、十の声色、十の存在理由を自在に操ることができた。相棒のだんまりが打ち鳴らす太鼓はふたたび洞窟のなかの祈りのように響きわたることだろう。鞭打たれ、あばら骨を震わせる三匹の犬とだんまりは、人形遣いのディンゴの微笑みの向こうで、ふたたびパンと鞭を待ち受けることだろう。ディンゴには、これら哀れな同志たちがいずれ死すべき運命にあることがよくわかっていた。側溝の脇で、あるいは電柱に寄りかかるようにして、順番に死んでいくのだ。そして、たったひとり取り残されたディンゴは、十体の亡霊をひきつれ、日々のパンと何物にも代えがたい葡萄酒を手に入れるために、ふたたび遍歴の旅をつづけるのだ。たったひとりで、田舎の教会から盗み出した金のリボンをトランクに詰めこみ、十の声色と十の存在理由を従えて。たとえどこへ行こうと、人々はいつでも道を譲ってくれることだろう。十の死を手中に収めたまま、通りの角を曲がることを許してくれるだろう。

勢いづいた馬車は、ぬかるみを進む七色の巨大な哄笑《こうしょう》となって、道化芝居の一座を、過去の苦い思い出のすべてを引きずって疾走した。

見知らぬ少年が湾曲した道に飛び出してきたとき、ディンゴはその姿をはっきり目にしたのかもしれない。痩せこけた少年の思いがけない姿は、ディンゴとは対照的に、あくまでも鈍重だった。衝突は避けられなかった。ディンゴは、醜く塗りたてられた古びた生命《いのち》を丸ごと投げ出すかのように、馬車もろとも少年にぶつかった。

頭上には黒々とした雲が浮かんでいる。ディンゴは深く身をかがめ、軋む馬車に慌ててブレーキをかけた。悪態をつくその口もとを狙って、泥のしぶきが飛び散った。車輪から放たれるしなやかで生々しい骨の軋みをディンゴは感じた。

静寂が訪れた。まるで、大きく指を開いた巨大な手が上空から突然下りてきてディンゴを掴まえ、できるだけ早く通り過ぎようと思っていたその村に無理やり押さえつけてしまったかのようだった。彼にはそれがよくわかっていた。心の奥底から聞こえてくる警告にも似た叫びを耳にしていたのだ。〈アルタミラを素通りすることなどできやしない〉。そしてついに、羊飼いの父に食べ物を届けようとしていた少年を轢き殺してしまったのだ。数メートル先には、蓋が開いたままの小さな弁当籠が転がり、降りしきる雨のなか、飛び散った中身がものいわぬ無残な姿をさらしている。

ついさっきまで聞こえていた風や車軸の唸り、犬の吠え声はすっかりやみ、研ぎ澄まされた鉄のような百の瞳となってディンゴの体を貫いた。馬車から身を躍らせたディンゴは、踝《くるぶし》まで泥につかりながら地面に降り立つと、罵りの言葉を吐いた。そして、横たわる少年に目をやった。灰色の服を着た少年の足先から、靴が片方失われている。ぴくりとも動かないその体は、まるでヒナゲシの花に出くわしてびっくりしているようにみえた。

ディンゴは鞭を振りかざし、怒声を発した。しかし、悪態の言葉はたちまち喉の奥に吸い込まれた。無言のままその場にしゃがみこむと、遠くの斜面からじっとこちらをうかがっているポプラの木々の尊大な眼差しに射すくめられた。ディンゴは、少年の痩せ細った小さな顔にむかって言葉をかけようとした。雨は相変わらず無関心を装って降り注いでいる。きらきらと輝く雨粒が、少年の額や睫毛、閉じた唇を伝っている。ディンゴは、流れる雲が少年の瞳に映し出されるのを見たような気がした。瞳を横切った雲は、異国をさしてゆっくりと遠ざかっていく。

村まであと半時間はかかりそうだった。馬車の窓からだんまりと犬が顔をのぞかせた。湿った鼻先が小刻みに震え、黄色いガラスのような瞳がディンゴの顔を見つめている。ディンゴは両腕を少年の背中に回した。そして、泥まみれの太い指を組み合わせ、その小さな体を抱き起こしたが、いまにも真っ二つに裂けてしまうのではないかと思われた。肌には絡みつくような温もりが残っている。そのとき犬が吠えはじめた。ディンゴは身をすくめ、そちらに目をやった。

「へし折れちまったみたいだ」

口の端から涎を垂らしただんまりは、その言葉が理解できないようだった。倒れた少年の瞳は、いまや黒一色に覆われている。

ディンゴは、下方に見える村のはずれへ心ならずも目をやった。遠くの山の麓には、亀裂がいたるところに走る土壁に囲まれた、赤茶けた一画がある。北西墓地だ。崩れ落ちた十字架が点々と散らばる北西墓地は、アルタミラの住民が死者をかくまう場所だった。誰かが土塀に沿って植えた十二本のポプラの木は、黒い虚ろな笑みとなって立ち並び、まるで櫛の歯のようだった。

ディンゴは逡巡した。その気になれば、少年を地面に置き去りにしたまま、大急ぎで村を後にすることもできる。そうすれば、腐敗した夢も、しがらみも、自身が流した血もなんら痕跡をとどめない新しい土地へ行くことができるだろう。太陽がふたたび顔を出す前にたどり着けるはずだ。だんまりと犬たちが馬車から飛び降り、興奮した面持ちでディンゴを取り囲んでいた。

そのとき、だんまりが恐怖の発作に襲われた。愚かで哀れな相棒は、無言劇の世界にどっぷり浸って生きていた。唸り声を絞り出しながら、白目をむいてしきりに手を振り動かしている。「死んだ、子ども……」そんなことを口走っている。「死んだ……縛り首だぞ」そう言うと、今度は舌をぺろりと出した。ディンゴの腕のなかの少年はずしりと重かった。「縛り首だぞ、そしたら……」白痴の相棒は両手を広げていきなり全身を震わせたかと思うと、そのまま地面へ倒れこんだ。その拍子に、首にぶら下げた太鼓が鳴り、長い余韻となって響いた。まるで、彼に欠けている声がその中にぎっしり詰めこまれているかのようだった。

年老いた馬がそれを聞いてびっくりしたことは間違いない。しかしディンゴは、アルタミラを包みこむ邪悪な空気がすべての元凶であることを疑わなかった。彼の少年時代を苦々しい思い出に変え、久しぶりに故郷へ足を踏み入れたその日の朝から悪意に満ちた歓迎の挨拶を彼に送りつづけていたあの邪悪な空気である。

ディンゴは寒気を感じ、血に染まった少年の体を抱きしめた。おそらく、あの忌まわしい空気のせいだろう、猛り狂う馬に引かれた馬車が坂道を下りはじめた。あまりに突然の出来事にディンゴは叫び声を上げることすらできなかった。やみくもに疾走する馬車を目で追いながら、壊れかけた幌が激しく動揺し、車窓を覆う赤いカーテンが絶望的な別れの挨拶を叫びながらしきりに揺れ動く様子を呆然と眺めているしかなかった。急勾配の坂道は、低地アルタミラの広場に通じている。馬車はいっこうに止まる気配を見せなかった。くすんだ色の家々や小高い丘に囲まれた村の心臓部めがけてまっしぐらに突き進んだ。ディンゴは、制御を失った馬車が谷底深く呑みこまれていくのを目にした。犬に取り囲まれ、微動だにしないディンゴの顎ひげは、降りしきる雨に濡れそぼち、その長靴はぬかるみに浸っていた。

じっと何かに堪えるように、ディンゴはその場に佇んでいたが、ついに諦めたようだった。アルタミラの村が彼を待っていた。記憶のなかのあの深くて陰鬱なアルタミラの村が。

少年を両腕に抱きかかえて坂道を下りはじめたとき、空は前よりも暗くなっていた。三匹の犬が後につづき、少し遅れて、首から太鼓をぶら下げただんまりが小石につまずきながらついてくる。その仰々しくも真剣な顔つきは、不幸の到来を告げる凶鳥を思い起こさせた。一行は、暗くなった空の下、雨に濡れながら、ポプラ並木のように一列になって歩いた。

踏み固められた村の円形広場が、血のように真っ赤な色をたたえて横たわっている。ディンゴのよく知る広場だ。

広場の端までやってきたディンゴは、周囲に立ち並ぶ家々と同じく、怯えたような表情を浮かべて立ちどまった。人間の心の内のように、何かしら悲劇的な雰囲気が広場には漂っている。彼はいま、アルタミラの中央、谷底のもっとも深いところに立っていた。仰ぎ見る山の頂《いただき》で、かつてディンゴの耳に囁きかけた風の思い出。あのころは、対等ともいえる関係によって風と結ばれていた。ところがいまや、仮面をひきはがされ、剥き出しとなった真実にふたたび足をとられていた。まるで、時の流れがすべて幻であったかのように、あのときと同じ場所に立ちつくしていた。裸のまま村に呑みこまれ、天涯孤独の身となって。祝祭はこうして突然、終わりを告げたのだ。

ディンゴは空を見上げ、かつてその胸を焦がした自由への渇望を苦々しく思い起こしながら、周囲を見渡した。山々は相変わらず途轍《とてつ》もない侮蔑の表情を浮かべて立ちはだかっている。それに比べて、十の偽りを手にした男、ディンゴはなんと無力な存在であったことか。十の存在理由がその手からこぼれ落ちたいま、彼は寒さに打ち震える黒い一本の木となって、ひとりぽつねんと佇んでいる。ディンゴのよく知るあの森に、彼の少年時代は日々埋められてしまったのだ。ディンゴは、棘の刺さった片足を引きずりながら木々の間をさまよい歩いていた幼いころの自分を思い浮かべた。何もかもが虚しい。去っていった者たちも、残った者たちも、顔拵《ごしら》えをする者たちも。ああ、裸足でかけずりまわっていたあのころ、自分もまた七色の馬車に轢かれてしまっていたなら！　そして、そのまま土に埋められ、脇腹や額、渇いた口もろとも、赤茶けた大地の懐に抱かれていたなら……。いま腕のなかで目を閉じている少年は、おそらく彼自身の姿にほかならなかった。自らの埋葬を避けて通ることなど誰にもできはしない。そんなことは不可能なのだ。〈死を免れた子どもたちは、いまごろどこをさまよい歩いているのだろう？〉見覚えのある風景が眼前に広がっている。けっして変わることのない非情な風景。仮装用の衣装を取り囲み、その七色の装飾をあざ笑っている。

　馬車は広場の真ん中に横倒しになっている。壊れた車体から車輪が一つなくなっていた。地面に横たわった馬は脚を折り曲げ、泡を吹いた口もとが雨に濡れて光っている。怪我をして動けないのだろう。月のような二つの目がディンゴに向けられ、声をひそめて泣いているようにみえた。腕のなかの少年の亡骸は次第に重みを増していく。

馬車の窓から、初めて空を飛ぶ鴉《からす》の鳴き声を思わせる喧騒が洩れ聞こえてきた。ディンゴは、子どもたちが壊れた馬車に群がっていることに気づいた。村じゅうの子どもたちが集まっていた。〈裸足のまま、どこからともなくこっそりやってくるアルタミラの子どもたち。腰紐もつけずに通りの角を曲がってやってくるアルタミラの子どもたち〉ディンゴは目を閉じていても、農夫たちの住むバラック小屋の脇を走り抜けていく子どもたちの姿をありありと思い浮かべることができた。大きく膨らんだ影を引きずりながら月明かりの夜道を進んでいくアルタミラの子どもたち。ごく短い名前で呼ばれるアルタミラの子どもたち。ディンゴもよくそうやって家の角を曲がったものだ。日に焼かれた大地の熱気を足裏に感じ、前の年の聖体拝領のときに教会で耳にした鐘の音の余韻が遠くポプラの木々の梢に絡みついているような錯覚をおぼえながら。中央アルタミラの教会は、彼が住んでいた村から八キロほど隔たっていた。低地アルタミラの子どもたちが教会の鐘の音を耳にすることはなかった。ディンゴは、腕のなかの少年の顔を見つめた。あのころとまったく同じだ。何も変わっていない。三十年もの歳月が過ぎ去ったはずなのに、昔と変わらぬ子どもたちが、同じような足音をたて、あのときと同じ喉の渇きを抱えていた。みすぼらしい家々も、野天に放置された犂《すき》も、北西墓地へ向かう死も、すべてが昔のままだ。この三十年という年月はいったい何だったのか？〈玩具で遊ぶかわりに両手で顔を覆い隠して笑い合うアルタミラの子どもたち、生まれたばかりの仔猫を川へ捨てに行くアルタミラの子どもたち〉ディンゴは幼いころ、泥の仮面をこしらえては、それを顔に載せて遊んだものである。陽射しを浴びてからからに乾いた仮面は、夜になると顔からはがれ落ち、粉々に砕け散った。

七色の馬車は、アルタミラの子どもたち目がけて、竜巻のような勢いで坂道を下った。子どもたちの日常の真っただ中に飛びこんできた馬車は、その場でばらばらに砕け散ってしまった。子どもたちは一人また一人と、恐る恐る馬車に近寄った。彼らはみな、村を包みこむ果てしない静寂のなか、赤い大きな車輪が飛び出すところを目にした。車輪は、水底に沈められた猫や犬たちの亡霊がさまよう川へ向かって転がっていったが、途中で力尽き、車軸を中心にゆっくりと、しかしいつまでも回りつづけた。

「仕方がない」ディンゴはひとりごちた。「ファン・メディナオを探すしかないようだ」

やはり三十年前と同じように。

2

その男の名はフアン・メディナオといった。父も祖父も同じ名前だった。祖父が高利貸で富を築いてくれたおかげで、彼は低地アルタミラの地主の地位に収まることができた。物心ついてから、自分が手に入れたわけでもないものがすべて与えられている自らの境遇を十分に心得ていた。受け継いだ土地や家屋のなかでも、屋敷はとりわけ広壮だった。フアン一族の館と呼ばれていたその建物は、見るからに醜怪で、暗赤色の土壌からなる三つの大きな敷地と、板石が敷きつめられた中庭を備えていた。日が暮れると屋敷の窓は赤く照らされ、明け方には濃紺色に染まった。村の後方にむかって大きく退いた場所に建てられた屋敷は、北西墓地の真正面に位置していた。フアン・メディナオは、自室の窓から埋葬の様子を眺めることができた。

謝肉祭の日曜日、夕闇が迫るなか、フアン・メディナオは祈りを唱えていた。子どものころから、今がちょうど聖なる贖罪の時節に当たることをわきまえていたのだ。フアンの祈りはおそらく、自らの心を日々脅かす辱めの数々を数え上げ、そのすべてを総括することに費やされていたのだろう。暖炉の火が消えかけた部屋のなかは薄暗く、祈りを捧げるフアンの両手は、木の根のように絡み合っていた。

屋敷はすでに夜の闇に包まれている。雨は相変わらずバルコニーを濡らしていた。窓という窓を叩きつづける雨音を耳にしていると、フアン・メディナオはいつも、即物的な連想に導かれ、狂ったように打ち鳴らされる太鼓の音を思い浮かべた。

フアンは自分の名を呼ぶ声に気づいた。それは壁を突き抜け、祈りの高みから彼を突き落とした。ふたたび声が聞こえてくる。家のものはみな、召使にいたるまで、フアン・メディナオがこの時間はいつも祈りを捧げており、けっして邪魔をしてはいけないことを知っていた。しかし、声はいっこうに止む気配がない。怒り心頭に発したフアンは、声を荒らげ、扉にむかって靴を投げつけた。

「開けてください、ご主人さま」声の主は言った。「警吏の方がお呼びです。巡査も一緒です」

歪めた口をぽかんと開けたまま、フアンは床の上に転がる靴を見やった。そして、周囲の壁や床、天井からひどく浮いている自分を感じた。あたかも部屋全体が、フアンという人間を神にむかって吐き出したような、そんな感覚にとらえられたのである。彼は立ち上がり、扉の錠をはずした。扉の向こうには、両手をエプロンで覆い隠すようにして、年若い女中が立っていた。

「いま行くよ」吐き捨てるように言うと、フアンはたちまち後悔の念にかられた。そして、乱暴な口調の埋め合わせをするように、穏やかに口を開いた。「祈りを途中で邪魔されたものだからね。天使たちに囲まれていたのだ」

女中は首をかしげると、口もとを手で覆い隠すようにして、階段を急いで駆け下りた。うら若き少女たちにとって、フアン・メディナオは、畏怖すべき存在であると同時に、どことなく笑いを誘うところがあった。

フアンはゆっくりと階段を下りていった。一階の広間もやはり薄闇に包まれている。

「何かあったんですか?」彼は訊ねた。男たちは黒い染みのように身を寄せ合い、ほの白くぼんやり浮かび上がった顔はまるで宙を漂っているかに見える。巡査の話によると、ペドロ・クルスの息子をはねた旅芸人が拘束されたということだった。不注意による事故で、損傷した馬車が広場に放置されているという。旅芸人はファン・メディナオに助けを求めているという話だった。

「この私に何をしろと?」

警吏も巡査もそれには答えなかった。

「とにかく行きましょう」フアンはそう言うと、窓辺に歩み寄り、ガラス越しに夜の闇を見つめた。中庭に面した窓に顔を近づけながら、幅広の板石が豪雨に洗われてきらめいている様子を想像した。そして不意に、屋敷に電気が通っていることを思い出した。赤々と燃える灯火の光に囲まれて少年時代を過ごしたせいか、家に電気が通っていることをつい忘れてしまうのだろう。屋敷のなかの壁という壁が、そこに映し出される大きな影を、人が近づいたり遠ざかったりするたびに小刻みに震えながら自在に伸び縮みする陰影を恋しがっているようだった。フアンは電灯のスイッチをひねった。すると、照明のなかで背が縮んだようにみえる男たちが、刺すような光に目を細めた。

フアンは身繕いをはじめた。シャツの胸のあたりが大きく裂けており、コートの袖に腕を通すときにそれが嫌でも目についた。コートの裾も擦り切れ、薄汚れていた。額の上に前髪を垂らしたフアンの頭部は異様に大きく、両肩の上でぐらぐら揺れているように見える。それにひきかえ、頭を支える胴体はいかにも弱々しい。胸は落ちくぼみ、両脚が湾曲していた。

一行は無言のまま屋敷を後にした。中庭に降り注ぐ雨は、板石の継ぎ目に針のように突き刺さっていた。彼らは、湿気のために軋む大きな木の扉を押し開けると、村へつづく道を急いだ。

留置所がしつらえられた古い干草置き場は広場に面し、壁の上方に窓がひとつ穿たれていた。踏み荒らされた泥の匂いにまじって、子どもたちの歓声が広場から聞こえてくる。留置所は、普段は種付け用のブタを飼育するために使われていた。扉の脇に立った巡査たちの三角帽子は雨に濡れてきらきらと輝き、どことなく場違いな印象を与えた。扉が開かれると、フアンは中へ通された。

ランプの光に照らされ、ひとりの男が現れた。フアンよりも年上らしく、老けこんでいる。その離れた両目には、場慣れした職業的な哀願の色が浮かんでいた。フアン・メディナオの胸の鼓動は、まるで停止してしまったかのように鳴りをひそめた。

「やあ、フアン・メディナオ」旅芸人が口を開いた。「私だよ、ディンゴだよ、お前さんの目を盗んで銀貨をくすねたあのディンゴさ」

ディンゴ、たしかに彼だ。十文字に組み合わせた両腕のようなあの目を見れば明らかだ。ディンゴ、夢と希望を奪い去った裏切り者。次々と押し寄せる少年時代の思い出に、フアンの舌は金縛りにあったように動かなくなり、いかなる非難の言葉も歓迎の言葉も出てこない。ディンゴ、またの名をドミンギン、森番の息子。焼き網の上で火に焙られたような縞模様が背中に広がる赤毛の猫を飼っていた少年。ディンゴとフアンは、遠く離れた場所にぽつんと立っているポプラの木の下に、貯めこんだ銀貨をこっそり埋めておいたのだった。はるか彼方へつづく道の脇に立っているあのポプラの木の下に。二人は、草木が青々と生い茂る春が巡ってきたら、一緒に村から逃げ出すつもりだった。みじめな生活に耐えられなかったのである。あのときの光景はいまも鮮明に目の奥に焼きついている。裏切りの痕跡を発見したときの、あの灼熱の日の朝の光景。魂を揺さぶるような驚愕に見舞われたファンは、自分がどうしようもなく未熟な子どもであることを思い知らされた。日に焼かれた大地は、影さえもが許されぬ贅沢だと言わんばかりに、強烈な陽光に照らされていた。ただひとつ、まっすぐ伸びたポプラの影が、あの偽善者にして盗人、大ぼら吹きのディンゴの逃亡の跡を、永遠に指し示しているように思われた。二人で一緒に海をめざして旅に出ようと約束したはずなのに、ファンはひとり置き去りにされ、身を焦がす渇望を胸に、迷子のように佇むポプラの木の影に寄り添っている。あの日の朝、懸命に土を掘り返したファンは、手紙ひとつ見つけることができなかった。たとえどんなに人を食った手紙であれ、それさえあれば、ファンの萎えた心も少しは癒されたことだろう。ディンゴはこうして、いまから三十年以上も前に、犬をひきつれた旅芸人の一座とともに遠くへ旅立ってしまったのだ。一方、ファンは、やがて親から受け継ぐはずの財産を狙って猛禽のように飛びまわる腹黒い人間たちのなかに取り残された。憎しみと空腹が支配する世界のただなかに、たったひとり置き去りにされたのである。低地アルタミラの未来の主《あるじ》たるファン・メディナオは、キリストの磔刑像とともに残され、その異様に大きな頭ゆえに近所の子どもたちの嘲笑の的となった。ささくれ立った大地の、木々や岩、小道などに囲まれた荒々しくも劇的な世界に、永遠に縛りつけられることになったのだ。この世の生に対する途轍《とてつ》もない侮蔑を胸に、天を摩する山の頂《いただき》に両手をかけようとしたまさにそのとき、唯一無二の親友に捨てられてしまった。頭でっかちのファンをあざ笑うこともなく、飢えに苦しむ同胞《はらから》の宿敵とばかりに泥を投げつけることもなかった親友に。十二歳になったばかりで、父親はもちろん足下の大地にいたるまで、あらゆるものが敵意に満ちた目を自分に向けているように思われていたあのころ、ついにディンゴにまで裏切られてしまったのだ。法螺《ほら》話や、実現の見込みのない逃亡計画をつねに口にしていたあのディンゴにまで。彼の物語る夢のような話にうっとり耳を傾けるのはなんと心地よかったことか！　故郷から、そこに住む人々から、天から、そして自分自身から逃れるための逃亡計画。ろくでなし、嘘つき、盗人にして、どこまでも慈悲深かったディンゴ。
「子どもを轢き殺してしまった。避けられなかったんだ」三十年後のいま、あのときと同じ身振り、同じ声で訴えている。「馬車も馬も失ってしまった。文字どおり一文無しさ。フアン・メディナオ、私のことをまだ覚えているなら、裁きの場でぜひ力になってほしい。そして、一からやり直すために、いくらか恵んでほしい」
銀貨。フアン・メディナオは、それがキリストを売ったのと同じ三十枚だったのか、あるいは自分の年齢と同じ四十枚以上だったのか、はっきり覚えていなかった。銀貨。〈銀貨などもう使われていない。昔の話だ！〉
フアンは突然、相手に覆いかぶさるように、鉛の十字架のようにディンゴに抱きついた。温かい友情を示そうとしたのかもしれないし、少年時代の遺恨をすべて吐き出し、その重みで相手を押し潰そうとしたのかもしれない。いずれにせよ、三十年なんて、たいした年月ではない。

相手のとっさの行動に驚いたディンゴは、言葉も出ないようだった。

ファン・メディナオは、少年時代の悲哀に満ちた友情を思い起こしながら、両手で挟みこむようにディンゴを抱きしめた。

「ディンゴ、たとえ私が死んでいたとしても、私にはあんたのことがすぐにわかっただろう」

留置所を後にしたファン・メディナオの目は、泣いたあとのようにうるんでいた。召使が黒い傘を差し出した。だんまりは濡れた壁にもたれかかり、両手をコートのポケットに入れたまま、恐怖と寒さに震えていた。

「こいつを家まで連れていってくれ」ファンは召使に言った。

面倒を見てくれる者となく、その場に取り残された犬たちは、扉を爪でひっかきながら、悲しげに吠えている。床に積まれた藁布団の上に立ち上がったディンゴは、その様子を窓から眺めていた。胸を打たれたような、あるいは、抜け目のなさそうな笑みを口もとに浮かべながら。三人の男たちは坂道を上りながら次第に遠ざかっていった。骨の折れた傘をかざしているところは、翼をもがれた老鴉《からす》が頭上に舞い降りたかのようだった。

フアン・メディナオは広場までやってくると、足をとめた。

「先に行ってくれ。何か食べ物を与えて、馬小屋で昼寝でもさせてやるんだ」

召使はそれには答えず、フアンに傘を手渡すと、だんまりを従えて歩き出した。

フアン・メディナオは、決心がつかないまましばらくその場に佇んでいた。ペドロ・クルスといえば、彼の下で働く羊飼いである。ここは主《あるじ》として、ペドロ・クルスの死んだ息子の通夜に顔を出さねばなるまい。そうやって慈悲の範を垂れるのだ。フアンは、ペドロ・クルスの小屋がどこにあるのか知らなかった。

広場では、子どもたちがにぎやかに騒ぎたてながら、さまざまな色の布切れや、信心深い侍祭を演じるためにディンゴが黄金色の輝きに磨きをかけた古い司祭服などを奪い合っていた。泥まみれの小さな手には、リボンや紙切れが握られている。広場の向こうに目をやると、はずれた車輪がいまだ奇跡的に回りつづけていた。子どもたちの一人が、黄色い長い裾を引きずりながら転倒した。彼らの小さな素足は、壊れた木製の馬車の上を、音を立てずに動きまわっている。ちぎれかけた蓋が笑っているように見える旅行用トランクからは、重みを欠いた宝物の数々がのぞいていた。どれだけたくさんの笑顔がボール紙に描かれていたことか。泣いている仮面は一つしかなかった。その真っ白な仮面には、月光を浴びたような緑色の細い線が下方に向けてびっしり描きこまれ、口の部分が青く塗られていた。麻屑《くず》のようなほつれ髪の少女が、その白い仮面を顔に押し当て、馬車の窓から外を眺めている。もうすっかり暗くなったというのに、フアン・メディナオの目は、さまざまな色や走りまわる子どもたち、宝物を貪欲にかきまわす小さな手など、すべてをはっきりと見分けることができた。子どもたちは仮装用の衣装を泥だらけの地面に引きずっていた。まだ年端《としは》のいかない彼らは、フアン・メディナオが部屋にこもって胸に手を置き、熱心に祈りを捧げている謝肉祭について、ほとんど何も知らなかった。頭でっかちと言ってからかったり、埋めておいた銀貨をこっそり持ち逃げしたりするような人間のためにフアンが熱心に祈りを捧げ、羊飼いの息子の通夜に出かけていく謝肉祭について、彼らはほとんど何も理解していなかった。もっとも、この点については当のフアンも同じだった。雨は相変わらず、あたりの色彩などお構いなしに、叩きつけるように降り注いでいる。細長い緑の羽飾り、ぬかるみの上を引きずられていく美しい緑の羽飾りなどいっさいお構いなしに。降りしきる雨は、ディンゴの祝祭を台無しにし、すべてをずぶ濡れにしてしまった。どの仮面も鼻の脇に涙を流している。少年時代に銀貨を持ち逃げされたフアンのために仕返しをしてくれているのだろう。

フアン・メディナオは、壊れた馬車に向かって歩きはじめた。子どもたちは、一斉にわめき声をあげながら逃げていった。フアンは、麻屑《くず》のようなほつれ髪の少女の手首をつかまえた。少女は、あくまでも抵抗しようともがきながら、手にした仮面を顔に押しつけた。

「ペドロ・クルスの家はどこだい?」フアンは訊ねた。少女の手首は蛇のようにぬるぬると滑った。フアンの言うことがよくわからなかったのだろう。そこでもう一度訊ねた。

「死んだ男の子の家はどこにあるんだい?」

少女が先に立って案内した。小柄な彼女は、裸足で水たまりを踏み越えながら、小走りに進んでいく。二人はやがて、赤土と赤石でできたバラック小屋の前に出た。小屋の壁には、オオカミ退治を呼びかける張り紙が貼ってある。湿気のために張り紙はふやけ、ところどころ破けていた。フアン・メディナオは、自分が所有する農地の家畜がオオカミに襲われたここ最近の出来事を漫然と思い返した。ペドロ・クルスは、昨年の冬、オオカミの群れに遭遇し、辛《から》くも難を逃れたことがあった。おそらくいまこの瞬間にも、オオカミにつけ狙われていることだろう。小屋には、扉のほかに、たった一つの大きな窓が壁の下方に穿《うが》たれていた。そこから赤々と燃える炎の輝きが見え、女たちの嘆き悲しむ声が聞こえてくる。案内役の少女とフアン・メディナオは、窓から中の様子をうかがった。まるで涙を流しているように、水滴が窓ガラスを伝っている。フアン・メディナオは、二本のロープに結わえられた板切れのブランコが揺れているのを目にした。少女は何かを指さしながら、わけのわからないことをしゃべっている。

フアン・メディナオは、扉を押して中に入った。台所の竈《かまど》の火のすぐそばに、少年の亡骸が担架に載せられて横たわっている。青白い死に顔の少年は、血をきれいに拭きとられ、髪もきちんと整えられていた。少年の母親と近所の女たちは、肩を寄せ合い、嗚咽の声を漏らしている。フアンの姿が目に入ると、女たちは一斉に泣きやんだ。少年の遊び道具のブランコだけが、無慈悲なまでに幼く、見えない手に押されるように、いつまでも揺れていた。

フアンは、怒りがふたたび喉元にこみあげるのを感じた。黒い髪留めピンの先端を思わせるいくつもの険しい目が、敵意と恨みをたたえて彼に向けられていた。女たちの前にはいま、ほかならぬ主《あるじ》が立っている。膝を地面につけ、恭しく祈りを捧げる主《あるじ》の姿も、悪意に満ちた女たちの視線を前にしてはまったくの無力であった。主人として通夜の場に居合わせることも、この際なんの意味もなかった。女たちは、少年の死の責任を彼に負わせるつもりだろうか？　フアンは上着のボタンを指でもてあそびはじめた。ふたたび怒りがこみあげ、喉元を締めつけ、赤く濁った葡萄酒のような血に溶けこんで全身をかけめぐった。小屋のなかは、貧窮と汚《お》濁《だく》の臭いが充満している。身の回りのものすべてが、主《あるじ》たるフアン・メディナオを指さし、容赦のない非難を浴びせていた。夜ごと現れる鼠が、ブランコの縄や麻靴《アルパルガータ》の底をかじったものとみえる。濡れた麻靴《アルパルガータ》は暖炉のそばに置かれ、むっとするような臭いを放っていた。

「みなさん、祈るのです」ファアンは口を開いた。命令するような、とげとげしい口調だった。ところが、それに耳を傾けたものは誰もいないようだった。

「奥さん、祈りなさい」ファアン・メディナオは、熱を帯びた締まりのない指を組み合わせ、ふたたび繰り返した。体をへし折られた少年の唇には、誰かの手によって、皮肉でも何でもなく、一輪の花が挿されていた。枯野の季節であることを考えると、きっと紙の造花にちがいない。針金でこしらえた茎を唇に挟んだ少年の亡骸は、これでやっと渇きという言葉から永遠に解き放たれたことなどつゆ知らず、床に横たわったままぴくりとも動かない。母親は声をあげてむせび泣いた。

「まだここに残るおつもりですかい?」ひとりの女が口を開いた。いかなる畏れも気遣いも、丁重さのかけらもその口調からは感じられなかった。土地の女はしばしば、あたかも天候が口をきくような、無関心を超えたぶっきらぼうな調子で話しかけるのだった。どの女も目や口を不意に奪い取られてしまったかのようだった。

いまやファンの目に映るのは、ほつれた乱れ髪の、萎びた肉の塊でしかなかった。彼は床に膝をつくと、ポケットをまさぐりながらロザリオを取り出した。麻屑のような髪の少女が窓の向こうからこちらをうかがっている。ブランコ、赤々と燃える暖炉の火、降りしきる雨。それらの向こう側で、少女は仮面を顔にあてたり離したりしている。

母親は、幼い息子の亡骸の傍らから立ちあがった。そして、相変わらずむせび泣きながら、最後の埋葬のとき以来ずっと空き缶にしまっておいた一握りのコーヒー豆を挽きはじめた。

3

フアン・メディナオはだしぬけに頭を垂れると、祈りはじめた。その所作は、祈りの声と不釣り合いな印象を与えた。フアンの祈りは、幼少時代への回帰、孤独への回帰であった。

麻屑のような髪の少女は、いつのまにか窓の向こうから姿を消している。仮面を窓枠に置いたまま、ふたたび夜のなかへ帰っていったのだろう。縦線がびっしり描きこまれた仮面の色彩が、雨に打たれて偽りの涙を流している。いまはちょうど謝肉祭の真っ最中だ。(いつもそうだ。フアンがいる部屋の閉ざされた窓へ近寄ってくるものはみな、男であれ女であれ、濃い闇夜のなかへ消えていく。おそらく、窓ガラスに仮面を立てかけたまま、夜のなかへと帰っていくのだろう。漆黒の闇夜が、ファンの一挙手一投足を、その物思いをすっぽり包みこむ。闇に覆われた彼の目には、もう何も見えない。）

　ファンが生まれたのもちょうど謝肉祭のころだ。四十二年前の、雲行きの怪しい昼下がりのことである。強風が町角に吹きつけ、服が体にまとわりつき、前髪が額に貼りついた。北西墓地の木々の幹が激しく揺さぶられ、風にたわみ、中庭では犬が吠えていた。いつも黒い腰帯を締め、時おりベッドに身を投げ出して嗚咽の声を洩らしていた母親が、その話をファンに聞かせてくれたのである。彼女は、まだ三歳になるかならないかの息子を相手に、彼を産み落とした謝肉祭の午後の思い出を語りはじめた。

「もう日が沈もうとしていたわ」母親は、骨の浮き出た熱っぽい手で息子の頭を抱き寄せながら口を開いた。「お母さんはベッドに横になって空を見ていたの。空がだんだん緑色に変わっていくのがわかったわ。吐く前の男の人の顔みたいにね。自分はきっと死んでしまうにちがいない、そんなことにはとても耐えられない、そう思ったわ。お前の父さんは家を留守にしていたの。お医者さんはいつものように酔っぱらって、馬の上で体を折り曲げるようにして、泥の染《し》みを服につけたままやってきたわ。お前の父さんは遠いところから母さんを連れてきたの。母さんの生まれ故郷よ。教会もあるし、お店なんかもあったわ。ここへ連れてこられたときは、まるで生き埋めにされちゃったような、死人みたいに打ち捨てられてしまったような気がしたものよ」

村では、フアンの母親は気が狂っている、部屋の隅々が暗い影に覆われている赤い家に閉じこめられ、悪魔にとりつかれている、といった噂が流れていた。暗い影に覆われながら、フアンはいま、電灯の光を頼りに、幼少時代の思い出を明るみに引き出そうとしていた。それは、部屋の薄暗い角や、闇のなかできしむ階段、寝室の冷たくざらざらした壁に貼りついたコウモリなどに脅かされる日々であった。父についての最初の記憶は、じつにおぞましいものだった。フアンにとって父は、粗暴、恐怖、抗しがたく手の届かない力、屈辱の焼き印を押す背中への殴打を意味した。そして、何よりもあの笑い声である。それは、不器量な子どもだったフアンの感性やためらいがちな生き方とは異質の言語であった。〈普通の人間には真似でき

ない冷酷な笑い声、我慢ならない笑い声だ〉
父はある日、中庭の真ん中に立っていた。膝まで届く革のブーツを履いたその脚は、まるで木の幹のようだった。大地から生え出したかのようなその姿は、胸の上に滝のように流れ落ちる黒い縮れ毛の顎ひげが小刻みに揺れる様子と相まって、まさに鳴動する大地の申し子といった風情だった。父には、頭を揺すりながら大声で笑う癖があり、喉元から絞り出されるその声は、悪態をついたり相手を威嚇するときでさえ、つねに笑いを含んでいた。中庭に立ちはだかった父は、鞭を片手に、谷間で仕留められた雄牛の皮が剥がれていく様子をじっと見守っている。すると、片腕をいきなり振り上げ、横たわる牛の死骸に強烈な一撃を見舞った。その場にいた二人の女中がけたたましく笑った。楽しむことを知らない息子のファンは、一本の白い線が次第に赤みを増し、炎の滴となってしたたり落ちる灼熱の泡に震えながら溶けこんでいく様子を眺めていた。それはまるで咲き乱れる花々のようだった。不思議な力を帯びた花、肌が痙攣するような、生々しい芳香を放つ花である。ファンは、その異様に大きな頭を胴体の上に載せていた。彼は、両耳を手でふさぎ、慌てて中庭を飛び出した。父親のファンは、女中を笑わせたことで上機嫌だった。

息子のファンはこのとき四歳、身を隠す場所とてなく、人生の展望もいまだ開けていない無垢な年ごろである。

ある日のこと、中央アルタミラの教区司祭がファンの家を訪れ、半分に割ったクルミの実を練り込んだビスケットを一緒に食べた。ファンは母の横で、司祭の言葉に恭しく耳を傾けた。母はうつむき加減に、ショールの端を指先でもてあそび、頬の上の長い睫毛を小刻みに震わせている。ファンの両肩にそっと手を置いた司祭は、いつの日か白い服を身にまとい、心の底から神を信じるときが来るだろうと告げた。「そして、神様のご加護を祈るのですよ」母親が弱々しい声で言った。ファンはそのとき、これから先ずっと、父の魂が救われるように神に祈りを捧げねばならないことを悟った。父ばかりでなく、容赦なく鞭を振るい、暴力に訴えることによって無意識のうちに罪を犯しているすべての人間たちのために、そして、ベッドに身を投げ出して泣き叫ぶ青ざめた顔の女たち、永遠の辱めを受けた女たちのために、あるいはまた、強情で忘れっぽい人々に神の声を届けるべく、赤茶けた土埃を吸いこみながら八キロもの道のりを歩いてやってくる喘息持ちの年老いた司祭のために、終生祈りを捧げねばならないことを理解したのである。父親が気前のいい遊び人であり、冷酷な不信心者であることを見抜くのに、それほど時間はかからなかった。父の力強い声は、フアンが胸につけている銀のメダルを震わせるほどだった。父の瞳は、どこまでも明るく澄んでいた。あるときは怒りを帯び、あるときはにこやかに微笑む、輝きを放つ狩猟家の目であり、凍てつく霜と葡萄酒、そして毒花の目であった。川のほとり、柳の小枝の間に顔をのぞかせる毒花、茎を折る指先を毒に染める花である。祖父フアンの貪欲さと浅ましさは、浪費癖や無頓着さとなって父親のフアンに受け継がれていた。金遣いが荒く、口から出まかせを並べ、酒癖が悪かった。田舎娘と結婚するのはまっぴらだと考えていた彼は、ある日、山の向こうの小さな町、色とりどりのリボンや黄金のロザリオ、オーデコロンなどがショーウインドーに飾られている町から、手入れの行き届いた美しい手の持ち主であるひとりの女性を連れてきた。ところが、泣き虫で臆病な彼女を心の底から愛することはなかった。妻を屋敷に残したまま、アルタミラを留守にすることも珍しくなかった。妻子も故郷も捨てて顧みなかった彼は、遠方の町に足を伸ばしてはいろいろな品々を買いこみ、それを自分の部屋に積み上げたまま、黴《かび》が生えるに任せていた。酒量は日に日に増えていった。暗赤色の葡萄酒を飲んだかと思うと、小麦色の月のような輝きを放つ葡萄酒に手を伸ばすといったありさまだった。彼はいわば、十月の木々の葉を震わせ、扉を荒々しく閉ざす一陣の冷風だった。家にじっとしていることができず、気がつけばどこかへ姿を消していた。ファンは、中庭で馬にまたがり、柵を越え、大きな木の扉を押し開けて外へ出てゆく父の姿をよく見かけたものである。父は長いあいだ家に戻らなかった。この世の多くの男女の例に洩れず、あるいは、この地に訪れる柔らかな藤色の冬や葡萄の季節、木々の葉がそうであるように、杳《よう》として行方が知れなくなるのだ。それでもようやく帰ると、家のものは、かつて微笑みを与えてくれたもののために涙を流し、涙を誘ったもののために微笑んだ。とはいえ、人間はいつの世も変わらないものである。つねに孤独なのだ。怒りを含んだ母の沈黙、湾曲した脚や大きな頭をあざ笑う農夫の息子たち、そんなものに取り囲まれながら、つねに孤独なのだ。祖父ファンの黄ばんで干からびた肖像画が家族や家族が流す涙を食堂の壁から間近に見守っている大きな屋敷のなかでは、鏡をのぞきこむたびに周囲の大地の様子に感動をおぼえた。水や鼠、太陽を思わせる花々や青みを帯びた蛇を棲《す》まわせている大地。いつの日かそれらすべてがフアンのものになるのだ。農夫や農夫の息子たちの労働もみな彼のものだった。晩生《おくて》の果実の収穫が冬のあいだ行われる谷間の斜面の葡萄畑から、天上に輝く黄金のような夏の太陽にいたるまで、低地アルタミラのすべてが彼の手中に入るのだ。〈陰鬱なる大地よ、神のごとくすべてを与え、あらゆるものを奪い去る暗き大地よ!〉フアンは、彼を取り巻くものとはおよそ異質な存在だった。一方、フアンの母は、いわば直角をなす広間の隅、女中の掃除も満足に行き届かぬ薄暗い片隅であり、黒きもの、怪談噺《ばなし》、迷信、聖アントニウスに捧げる灯火などの頂点をなす存在であった。さらに、蟻のように手首を這うロザリオの玉であり、それらは、魂との交渉に臨むべく、不規則に脈打つ手首の上を、黒い隊列を組み、もつれ合うようにして進んでいた。

野天の中庭、奇妙な具合にいっそう青く染められたもうひとつの空の下では、八月の祭りを祝うために、小作人や召使たちが、うずたかく積まれた小麦の山の後ろに集まっていた。庭の敷石には、蝶の翅《はね》の鱗粉のような黄金色の粉末がこびりついていた。それではまだ足りぬと言わんばかりに、敷石の継ぎ目に入りこんだ藁《わら》が日の光を浴びて輝いている。バイオリンの心得のある召使が、ギターの伴奏に合わせ、移り気でうら悲しく、物憂げなリズムの耳慣れない楽曲を奏でていた。濃厚な甘さをたたえた音色は、聴くものの血に溶けこみ、ベッドの上で何度も寝返りを打つことを強いるのだった。祭りの夜、じっとしていられなくなったファンは、小さな寝床を抜け出した。ねっとりと絡みつくような熱い調べが寝室の白いカーテンを揺らしていた。裸足のままそっと階段を下りたファンは、中庭の柱の陰に身を隠した。大人たちは酒を飲んだり踊ったりしている。大地の奥底に染み入る水のように、くぐもった声で笑っているものもいる。そのときファンの目に、女中のサロメのきらびやかな姿が映った。それまでの彼女は、日に焼けた浅黒い肌を白のブラウスに包んだ平凡なお手伝いの女にすぎなかった。ところが、いま眼前に見るサロメは、どこか遠くの町からもたらされた贈り物か何かだろう、銀のペンダントを首からぶら下げ、このあたりではついぞ見たこともないような珍しい服を身につけている。その姿は、彼女という人間がそうであるように、アルタミラの女たちを特徴づける恐るべき画一性に対する挑戦といってよかった。緑とピンクの縞模様のドレスを身につけたサロメは、不意に珍種の巨大な昆虫のような姿を現し、黄金色の粉がうっすら積もった敷石の上で、音楽に合わせて小麦の収穫を祝うために踊っている。栗色の素足がくるくる回転する敷石の上には、自在に伸び縮みする青い染みのような影が映し出され、あたかも冷たい水溜まりに両手を浸すように、虫食いの跡が残る爪と熱を帯びた手首の、いかにも子どもらしい小さな青白い手をそのなかへ差し入れることを、フアンに促すのだった。誰に教わったわけでもないのに、まだ四歳にしかならないフアンは、あることに気がついた。二人が一緒にいるところを目撃したわけでもないのに、彼はすべてを理解したのである。サロメを取り囲む三棟の重厚な家屋や、高い山々、降りしきる雨、黒い蝶、鴉《からす》のけたたましい鳴き声、北西墓地から吹き寄せる風、それらのいずれをもってしても、彼女が身につけている緑とピンクのドレスや、銀のペンダントが触れあう美しい音色をかき消すことはできなかった。

その夜を境に、父とサロメの二人は、フアンにとって畏怖すべきであると同時に、目が離せない存在となった。二人の姿を目にするや、急いで逃げ出し、神の庇護を求めたり、北西墓地へ逃げこみたいという気持ちになるのだった。母はつねづね、サロメのことを性悪な女だと言っていたが、だからといって彼女を遠くへ追いやってしまうわけにはいかなかった。というのも、夫のフアンが、まるで大地から生え出てきたかのように、激しく燃え上がる篝火《かがりび》のような苛烈さを身に帯びて立ちはだかっていたからである。誰にもサロメを追い払うことはできなかった。ぼろぼろに破けた彼女の服が春の田畑の小鳥を追い払うために使われようと、来る日も来る日も白い粗末なブラウスに身を包み、脱穀場のなかで手を使って食事をする彼女の姿が人目に触れるようなことがあろうと、その魅力はいっこうに色褪せなかった。麦藁の上に立った彼女は、無邪気な笑みを浮かべながら両腕を高く差し上げ、脇の下の大きな汗染《じ》みを平気で人目にさらした。父とサロメの二人は、譬《たと》えて言えば水《みず》嵩《かさ》の増した川の流れであり、フアンの閉ざされた心に吹き寄せる真っ赤に焼けた土埃であった。一方、フアンの母は、激高した魔女のような女であり、目の周りが紫色の痣《あざ》となり、その唇は自尊心のためか蒼白だった。フアンが生まれたとき、蝶が舞う中庭で犬がしきりに吠えていたというのもけっして理由のないことではなかったのだろう。「あの性悪女はね」、涙をこらえながら母はよく言ったものである。「地獄の黒い業火に焼きつくされるにちがいないわ」フアンの耳にはいまも、サロメに襲いかかるにちがいないあの世の災厄の数々を並べ立てていく母の時ならぬ笑い声がこびりついていた。そんなとき、フアンの心はいつも、神のもとへ、中央アルタミラの教会の鐘の主《ぬし》である神のもとへ赴くのだった。彼は心の底から神を愛し、神を待ち望んだ。というのも、日に焼かれた大地や、空気を切り裂く鞭の音、畑の畝《うね》の間をとぼとぼ歩いていく男たちや女たち、地平線に向かって次第に小さくなっていく彼らの姿からは、もはや何も期待することができなかったからであり、そもそも彼らを愛することさえできなかったからである。神がいったい何者で、何ゆえに神と呼ばれるのか、そんなことはいっさいわからなかったにもかかわらず、フアンは神を信じた。フアンの信心は、まだ見ぬ海の塩と同じだった。公教要理を読んだことがなかった彼は、はじめてそれを手にしたとき、大きな不安に襲われた。〈このままではきっと神様が駄目になってしまう〉フアンはそう直感した。彼は神について考えることを余儀なくされたが、神というものはやはり、始原の純粋さを保ったままの姿で、心のなかにそっとしまっておくべきものだった。まだ五歳にしかならないというのに、フアンにはこうしたことがよくわかっていた。秋になれば生きとし生けるものすべてが赤々と燃えあがり、父が切り拓いたあの美しい葡萄園が、硬くて痩せたアルタミラの大地の上ではけっして実を結ばないこと、嵐や灼熱の太陽に苛まれるこの村ではパンと水さえあれば十分なこと、そういったことがよくわかっていたのと同じように、彼にはすべてが明白だったのである。幼くしてすべてを見通してしまったせいか、心のなかの生命《いのち》の種は早くも病理に侵されて凝り固まり、生涯にわたって彼を苦しめる災いと化した。

ある日のこと、母親は幼い息子を学校へ連れて行き、とにかく祈りの習慣だけはきちんと教えてやってほしいと頼みこんだ。はるか彼方へつづく道の中途にある学校は家から遠く離れ、茶色の壁の校舎の屋根にはところどころに穴があき、そこから鳥の巣の残骸がぶら下がっていた。庭と呼べるものはなかった。窓ガラスはひび割れ、雨が降ると、木のベンチや福音書の石版画など、あらゆるものが呻き声を洩らすのだった。フアンは一冊の小さな本を手渡された。地理と算数の間の時間に使われるものだった。挿絵入りの本の最初のページには、〈十字を切りたまえ〉という文句が記されていた。教師は、細い棒で片耳を掻きながら、それについて講釈を加えた。フアンはまだ満足に字が読めなかったのである。インクの染みがこびりついた親指を額と唇に押し当てることが求められた。いや、違うな、神はもっと大きくて誠実なお方なんだ。おそらく教会の鐘だけが神に祈りを捧げることができたんだ。頭の禿げあがった教師は、たばこの煙を吐き出しながら、疲れたような声で公教要理の文句を読み上げていった。そして、ニコチンで黄ばんだ歯をむき出しながら、神の愛について語った。フアンは、そんな教師や級友たちと顔を合わせるのが嫌で、学校へも次第に行きたがらなくなった。

ちょうどそのころ、フアンの人生にとってきわめて重大な出来事が持ちあがった。サロメの子パブロが生まれたのである。時は八月、草木の緑も死に絶え、道端の湿った穴が黒い煙に覆われる夏、焼けつくような日差しが容赦なく照りつける夏だった。

サロメはすっかりやつれてしまった。いまや銀の耳飾りの触れ合う音だけが、その消え入りそうな顔をかすかに縁取っていた。まるで耳飾りの奏でる幻の音楽が、けっして生まれ落ちることのなかった女にそっと語りかけているかのようだった。膨れ上がった腹を左右に揺らしながら歩くアヒルのような足取りは、十五歳のうら若き少女の魅力を完全に打ち消していた。フアンの父はまたしても家を留守にしていた。

その日の明け方、フアンは中庭を横切る足音に目を覚ました。馬小屋の隣には、牛であれ人間であれ出産の手助けをする年老いた女中が眠っていた。フアンは上体を起こすと、胸をときめかせ、聞き耳を立てた。全身の骨という骨が、間近に迫った弟の誕生を予感していた。興奮のあまり寝床を抜け出した彼は、ズボンとシャツを急いで身につけると、裸足のまま中庭へ下りていった。

外では、蚊がぶんぶん唸りながら飛び回り、暑さと一体化しながら、きらきらと輝いていた。フアンの目は、眠りを妨げられたことに文句を言いながらサロメの姉の後ろを小走りについていく年老いた女中の姿をとらえた。女中は走りながら、何枚も重ねたスカートの最後の一枚のボタンをはめようとしていた。空にはピンク色の月が浮かび、すべてが静寂に包まれ、無関心を装っていた。召使たちは疲れきった体を横たえ、ぐっすり眠りこんでいる。表の柵の大きな扉が軋みながら開かれると、二人の女は、農夫たちの住むバラック小屋めがけて走り出した。蜂蜜色の曙光が大地を照らし、柵から伸びた影が長い腕となってフアンを掴《つか》まえようとしていた。恐怖をこらえながら、彼は二人の後を追いかけ、サロメとその姉、そして幼いアグスティンの三人が住む小屋へたどり着いた。

二人の女は小屋へ駆けこむと、急いで扉を閉めた。肩で息をしていたフアンは、そのまま地面に座りこみ、バラック小屋の壁に背中を押しつけた。

沈黙が訪れた。薄闇のなか、こめかみのあたりで静かに脈打つ血流と、執拗に飛び回る青みがかった虫の羽音だけが聞こえる。そのとき、サロメの姉のロサが大声を張りあげ、寝ていたアグスティンを叩き起こし、小屋の外へ出ていくように命じた。猫が一匹、黄色い光が洩れている扉の隙間から逃げ出し、どこかへ走り去った。バラック小屋の角に沿うようにして、間に合わせに作られた雨樋が木の桶に通じている。小さいながらも貯水桶がある小屋はここだけだった。幼いアグスティンの手になるその発明品の不思議なからくりを解き明かしたものは誰もいなかった。桶のなかに水が滴りはじめた。一定の間隔をおいて音楽のように鳴り響く雨滴は、月光を浴びてきらきら輝きながら、流れる時間の一秒一秒を正確に刻んでいるようだった。不意に扉が開かれ、アグスティンが顔を出した。彼は幼くして、フアンの父親が所有する土地に汚されているも同然の身の上だった。頭部が輪光のような光に包まれた。フアンは壁に体を押しつけたまま息を殺した。アグスティンは、ためらうようなそぶりを見せてその場に立ちつくした。上半身裸の両手には手桶が握られ、硬くこわばった二本の細い腕がだらりと垂れている。やがて、農夫たちが住むバラック小屋の裏を抜けて、川のほうへ歩み去った。小屋の貯水桶が空になっていたからである。フアンは、アグスティンが開け放していった扉の陰に身を隠した。台所がある右手は真っ暗な闇に包まれ、畑仕事に使う道具や革の鞭が置いてある。

鞭を間近に見ただけで全身に鋭い痛みが走るようだった。フアンは、熊手と鎌の間にしゃがみこんだ。そして、長々とした叫び声を、はっきり耳にしたわけでもないのに、敏感に感じとった。台所で湯気が立っているのが見える。寝室の扉の向こう側では、いままさに男の子が生まれようとしていた。フアンに似ているだろうか？いや、そんなはずはない。彼にそっくりな子どもが生まれることなど考えられない。フアンという人間は世界にたったひとりしか存在しないのだ。なぜ自分はこの世に生まれてきたのだろう？　そう考えると、熱い涙がゆっくりと頬を伝って手の上にこぼれ落ちた。生まれてからの五年間という歳月は、孤独の意識に激しく突き動かされたものだった。おそらくそれは、その後の人生に消しがたい痕跡を残すことだろう。しかし、彼の信ずる神がきっと守ってくれるにちがいない。あとどれくらい待たねばならないのか、それはわからない。とにかく、そのときが来るまで、じっと我慢して待たなければいけないのだ。しかし、もし仮に、その前に死んでしまったら？　弟の誕生と引き換えに、自分は死ぬことを運命づけられているのではないか、そんな思いがフアンの脳裏をよぎった。そうだ、きっと明日にでも、鍬とつるはしの間に横たわる自分の死骸が、ぼろぼろに擦り切れた人形のような死骸が発見されるにちがいない。しかし、彼は死ななかった。あのときファンは、今にいたる長い待機のとば口に立っていたのだ。

ファンは考えた。〈弟が生まれたら、ぼくはもうひとりぼっちじゃない〉。とはいえ、父親のファンとサロメの間に生まれた息子となれば、その子はきっと、巨大な太陽に焼かれた平野を横切る一本の川のような存在だろう。小さな板切れの上で、細くなった蝋燭が燃えている。蝿が二匹、その周りを飛び回っている。融け出した蠟が板切れの上に滴り落ちる音がファンの耳にも聞こえた。火遊びが好きなファンは、ポケットにいつもマッチを忍ばせていた。近所の人たちが野良仕事に出かけ、犬や母親のほか誰にも見つかる気遣いのないとき、中庭の片隅で小枝や藁《わら》に火をつけて遊ぶためである。彼は、にわかに激しい衝動にかられた。バラック小屋に火を放ち、まだ生まれぬ弟もろとも焼け死んでしまいたい、そんな気持ちに襲われたのである。二人で一緒に焼け死んで、灰となって混ざり合い、地平線の彼方に吹き散らされ、跡かたもなく消え失せてしまいたい。しかし、それが魂の純潔を汚す罪深い行為であることにすぐさま思い至った。そして、そのときはじめて、人間がこの世に生まれ落ちる瞬間を自分の目で確かめてみたいという誘惑にかられた。アグスティンは、心地よい眠りを妨げられ、小屋の外へ追い出されてしまった。ということは、それが見るに堪えないおぞましい瞬間だということだ。いつか母が、ファンが生まれたときのことを思い返しながら、「まったく散々な目に遭ったわ」と言ったことがあった。ふと気がつくと、風の音も犬の吠え声も聞こえない。灼熱の沈黙が、そっと近づいていくファンの髪や額を浸している。蝋燭の火が消え、青みがかった芯が死にかけた毛虫のように見える。

そのとき、寝室の扉の向こう側がにわかに活気づいた。ファンの目の前に、黒々とした断固たる力となって現れたかのようだった。古い木の扉はぴったり閉まらず、言い争っているような女たちの騒々しい声が隙間から洩れ聞こえてくる。ファンは扉に近づくと、額を押しつけ、そっと中を覗いた。はじめは何も見えなかったが、しばらくすると、湿気に汚れた壁の一部が目に入った。キクイムシと黴《かび》の入り混じった臭いが鼻をついた。汗のにじんだ額が木の扉にぴったり貼りついてしまったように思われた。彼の目は、天井に向かってゆっくりと壁を這っていく真っ黒な蜘蛛をとらえた。狭い視界から蜘蛛の姿が消えるまで、フアンはじっと動かなかった。女たちの足音や囁き声が聞こえる。呻き声をあげて嘆き悲しんでいるものはひとりもいないようだった。フアンは、サロメが収穫祭の花形になることはもう二度とないことを理解した。あの緑とピンクのドレスは、すでに灰と化してしまったも同然だった。もう何も見たくはなかったし、その必要も感じなかった。彼の胸は高鳴った。そして、踵を返し、勢いよく駆け出した。

扉の敷居につまずいたフアンは、うつぶせに倒れた。その瞬間、炎のような衝撃が全身を貫いた。やっとのことで起き直ると、赤黒い血が膝から滴り落ちているのに気づいた。どす黒い血が一筋、脚に沿って蛇行している。そのとき、ロサが寝室から出てきた。濡れた両手を腰にあてがい、フアンのほうへ近づいてくる。二人とも何も言わず、しばし無言で見つめ合った。フアンはすでに泣きやんでいた。とはいえ、首をかすかに震わせながら子どもらしくしゃくりあげていた。おそらく三十にはなるであろうロサの瞼のまわりには、年輪を感じさせる細かな皺がびっしりと刻まれている。ちょうど服を着かけたところだったのだろう。細く編んだ髪を肩の上に垂らした彼女の露出した肌は、くっきりと二色に分かれていた。日の光が当たらないところは青白かった。やつれた輪郭といい、早くも刻まれた皺といい、彼女のすべてが枯れた印象を与えた。サロメや生まれてくる子どもに対してそうであったように、フアンにもまったく憐れみを感じていないようだった。それでも腰をかがめると、地主の息子の腕をとり、台所へ引っぱっていった。ロサはいつも、自分にとって意味のないもの、自分のものでさえないもののためにあくせくと働いてきた女だった。

台所の竈《かまど》には新しく薪がくべられていた。窓ガラスが湯気に曇り、室内は蒸し暑い。ロサは黙ったままフアンの膝を洗った。それが終わると、小屋の外へ彼を押し出し、扉を閉めた。

フアンは腕を顔に押しあて、涙をぬぐった。山々の向こうから、また酷暑の一日が訪れようとしていた。彼は、不可思議な力に導かれるように、脱穀場のある丘へ向かった。弟が生まれたいま、おとなしく家に帰って眠る気にはなれなかった。最初に足を踏み入れた脱穀場には、穂のついた小麦が山のように積まれていた。ひりひりするような沈黙のなか、うだるような暑さが重くのしかかってくる。ファンは、熱を帯びた敷石の上にうつぶせになると、両腕のなかへ顔を埋めた。まだほんの五歳とはいえ、さまざまな苦しみを味わってきた彼は、人生を前に傷つき、打ちのめされていた。長い沈黙と数々の言葉を嫌というほど耳にしてきた彼は、爪先立って歩き、鍵穴にこっそり耳を押しあてるような子どもだった。地面にぐったりと横たわったいま、弟への憎しみと愛が徐々に芽生えてくるのを感じた。〈お前の弟は美しくて強い子に育つだろう〉天使が耳もとでそう囁きかけるのが聞こえた。ファンは、土に汚れた青白い手を見つめた。すると、真紅の花のような鮮血が全身を駆けめぐり、眩暈に似た感覚に襲われた。ほのかな薫りが、ほかならぬ彼の体から解き放たれ、脳髄と瞼の内側を赤く染めた。彼はいつの間にか眠りこんでいた。

馬にまたがって脱穀場のほうへ上ってくる農夫たちのにぎやかな話し声にファンは目を覚ました。そして、誰にも見つからないように、急いで脱穀場を後にした。彼の姿を目にした大人たちが、「あの子の弟はなんて美しくて丈夫なんだろう」と考えるかと思うと、とても耐えられなかった。フアンは、子どもらしい無垢な思い込みから、生まれてくる子どもはきっと立派な男の子で、真っ赤な顔をしたか弱い赤ん坊であるはずがないと決めつけていた。

丘の麓のほうからフアンを呼ぶ間延びした声が聞こえてきた。家の召使が探しにきたのだ。きっと母親が気を揉んでいるのだろう。フアンは、川沿いを山に向かって走った。息を切らせながら後ろを振り返り、見知らぬ人間に対する子どもらしい恐れを抱きながら、脱穀場のほうへ目を走らせた。すると、ひとりの女の子が、巨大な干し草の山のそばで太陽の光を浴びながら腰かけに座っているのが見えた。まだ畑仕事に駆り出される年頃ではなく、三つか四つにしかならないようにみえた。膝の上にこわばった人形をのせている。この村に遊び道具があるというのは、それだけで前代未聞の、きわめて珍しいことだった。人形は黄色い長い髪をまっすぐ垂らしている。女の子は、子どもらしからぬやせ細った指で、人形の髪を撫でていた。フアンは足を速めた。何を見ても心が痛んだ。柳の枝を左右に見ながら、川べりに沿って進んだ。ハウンド犬の足跡が目に入り、数頭の羊を飼っている男に出くわした。フアンの父の世話にならずに、ひとりで家畜の世話をして暮らしている男だった。年老いたその羊飼いは、両手を膝の上にのせ、石の上に腰を下ろしている。もう何日も髪の毛を切っていないらしく、白髪まじりの長い髪が首筋のあたりを覆っていた。唖《おし》のように黙りこみ、心ここにあらずといった様子で、小さな目を虚空の一点に向けている。フアンは、ついさっき脱穀場の敷石の上に身を横たえたときと同じ気分に誘われて、老人に近づき、その足元に座った。まだ幼かった彼は、絶対的な安らぎを必要としていたのだ。男の底知れぬ老いの影は、あたかも子守唄のように、甘美な夢の世界にフアンを引き入れた。フアンは、これほど多くのことを知りたいとも、感じたいとも思ってはいなかった。彼の体を支える骨格は、いまだ青々としたイグサのようで、その両手は、たったいま描き上げられたかのようだった。フアンは、羊飼いの体から漂ってくる革の匂いや、ハウンド犬が通り過ぎるたびに草花が無邪気な子どものように押し合いへし合いする牧場の朝の空気を感じとった。一方、羊飼いの老人は、石のように押し黙ったまま微動だにしない。樫の木や空に浮かぶ雲のほうがよほど人間らしかった。

ファンは顔をあげ、甲高い声でつぶやくように言った。

「生まれたんだ」

老人は相変わらず無表情のままだった。ファンはつづけた。

「サカロ家の小屋だよ。サロメの子なんだ」

すると、老人が答えた。

「ふしだらな女め」

ファンはふたたび眠りに落ちた。しばらくして目覚めると、両頬に砂利がこびりついていた。羊飼いの老人は、先ほどよりも背が高くなったように見えた。小さくちぎったパンを犬に投げ与えたり、自分の口へ運んだりしている。ファンはそちらへ近づき、パン切れをもらった。そのとき、老人がだしぬけにナイフをファンの胸元に突きつけた。そして、あらかじめ吟味していた台詞を吐き出すように、乱暴な口調で言った。「今度生まれてきたやつがこのアルタミラをどうするつもりか見ものだな。そいつの祖父《じい》さんの山羊ひげ野郎がこの村をまんまと手中に収めるのをわしはこの目で見てきた。わしはあんたらになんの借りもない。それなのに、村のやつらときたら！　ファン一族に借りがない人間なんて一人もいなくなっちまった。風邪が大流行した年にわしの息子たちが死んでしまうと、あの老いぼれはわしの家までやってきて、うまいこと言って金を貸しつけようとした。で、わしは石を投げつけて言ってやったもんさ。『とっとと失せろ、悪魔の手先め。たとえこの身がお天道《てんとう》さまに焼かれようと、お前の好きなようにはさせんぞ』あの男には息子が一人だけいたが、邪悪で愚かな人間だ。で、そいつにも息子が生まれたが、なよなよして頭でっかちときてる。まったく救いようのない一族さ。お前さん、早く土のなかで朽ち果ててしまわんと、今度生まれてきたやつにひどい目に遭わされるかもしれんぞ」

老人は唾を吐き、革袋のなかにパンをしまった。ファンは相変わらず口を閉ざしたまま、老人の傍らにいつまでも腰を下ろしていた。

二人は連れ立って村へ帰った。たくさんの物影が彼らの後を足早に追ってくる。ファンはバラック小屋の間を抜けていった。夜がすべてを包みこみ、濃淡さまざまな色合いを呑みこみ、巨大な石灰の骨組みとも見紛う影を月明かりのなかに浮かび上がらせている。少女が座っていた干し草のそばの腰かけにはもう誰もいない。熱暑のなか、蚊の群れがきらめく雲霞《うんか》となってけだるい羽音を響かせているだけだった。

ファンは、体の感覚がすべて失われてしまったように感じた。まる一日何も口にしていなかったせいで、体が軽くなったような気がする。まるで、執拗に繰り返される紅《くれない》の鼓動のなかでぱちぱち音をたてて燃えつづける小さな炎にでもなってしまったような、そんな気分だった。夢遊病者を思わせる緩慢な足取りで、彼はまっすぐ家に向かった。空一面が喉の渇きに苦しんでいるように見えた。

家に着くなり、きっと父親に丸裸にされて鞭で打たれることだろう。さもなければ、母親に両手で頭を押さえつけられ、勝手に家を飛び出したと言ってこっぴどく叱られるだろう。男の子はそんなことをするもんじゃありませんと小言をいわれるにちがいない。

村ではなにか事件が起こっているようだった。敷地の出入り口が開け放たれ、屋根の上には月がぽっかり浮かんでいる。中庭に入ると、頭をショールで包んだ三人の女が一列になって地べたに座り、両手を膝の上にのせている。黒いスカートの上に投げ出された所在なさそうな農婦の手だ。その様子を目にしたファンは、何かただならぬことが起こったにちがいないと直感した。思わず足をとめると、農婦たちや馬小屋の男、そして月までが自分をじっと見つめていることに気づいた。おお、安らかな月よ！　薪を月に運んでいく老人の物語を耳にしたことがなかったにもかかわらず、ほかの子どもたちと同じように、ファンの目も、明かりを灯したように輝いていた。戸口に召使の女が現れた。ファンの姿を認めると、いまにも泣き出しそうな表情を浮かべ、両手で顔を覆った。ファンは、抗いがたい不可解な力に引きとめられるまで、家の奥に向かって進んでいかなければならないことを悟った。そして、中庭を横切り、階段を上った。母の部屋には光が射しこみ、明るく照らされた床の一部が、ちょうど扉の形に四角く区切られていた。匂いや味、手触りのある特別な光だったが、人の目をくらますものでも、荒々しさを感じさせるものでもなかった。ガラスのように透明で濃密な光は、呼気のように暗闇に染みこんでいた。ファンの小さな体は、重々しく厳粛な足取りで、両腕をだらりと垂らしたまま前方へ進んだ。敷居をまたぐとき、黒い影がちらりと床をかすめた。その身のこなしには、星の瞬きや風に揺れる草花を思わせるものがあった。

ファンはついにベッドの傍らにたどり着いた。顔を布で覆われ、硬直した死が寝台の上に供されている。黒く細い腰、もう二度とファンの頭に触れることのない黄ばんだ手。部屋のあちこちを蝿が唸りをあげて飛び回っているように思われた。そのとき、夜の熱気が一瞬にして消え去った。爪や目の隙間から冬が忍びこみ、体中の血が川の水のように勢いよく流れ出していくようだった。そこはまだ五歳の子どもである。胸の高鳴りを覚える間もなく、ファンはいきなり母の体にしがみついた。まるで生命の営みが突如停止し、呼吸ができなくなってしまったかのようだった。母の顔を覆っている布切れを取り払うと、紫色に膨れ上がった死に顔が現れた。首を吊って死んだのだ。

動物的な響きを帯びた自分の声に、ファンは驚いた。そのとき、召使たちが部屋になだれこみ、母の亡骸からファンを引き離した。彼らは一団となって、扉の陰や部屋の片隅から躍り出てきた。しかし、目が大きく見開かれた母の死に顔をファンの脳裏から消し去ることのできるものはおそらく誰もいないだろう。あの日の夜の記憶がよみがえるたびに、フアンの目には、母の死に顔ではなく、風にはためく色鮮やかな紙飾りをつけた雄牛のような、赤と青の筋目が走った二つの瞳が映し出された。母の死を嘆き悲しむあまり敷物の上に身を投げ出したフアンは、孤独に苛まれ、みずみずしくもほろ苦い、子どもらしい愛情をずたずたに引き裂かれ、犬のように激しく泣いた。お母ちゃんが死んだ、お母ちゃんが死んだ、この言葉が氷のナイフのように胸に突き刺さった。空に浮かぶ月はなんと青白い光を放っていたことか。フアンを部屋から連れ出すことは誰にもできなかった。床にしゃがみこんだまま、一歩も動こうとしなかった。泣きじゃくったせいか、声がかすれ、喉が焼けるように熱かった。夜が明けるころ、二人の女中が低い声で祈りの文句を唱えるなか、彼はようやく眠りに落ちた。

馬の蹄の音に目を覚ましたフアンは、慌てて飛び起きた。父親のフアンが知らせを聞いて帰ってきたのだ。日差しを浴びた部屋は黄金色に染まり、カーテンが赤々と燃えていた。フアンは、自分にもよく理解できない、内に秘めた深い絶望に身を震わせ、鼻水と涎をべっとり垂らしていた。窓のそばでは、蜂が一匹、カーテンの折り目にもぐりこもうとして、しきりに飛び回っている。

中庭の敷石を踏む馬の蹄の音が聞こえてきた。つづいて、もう何度も耳にしたことのある恐ろしい足音が、踏み段を軋ませて近づいてきた。

フアンはゆっくりと上体を起こした。その姿は、聖人をかたどった小さな蝋人形を思わせた。父が部屋に入ってきた。これほど大きく、これほど赤みを帯びた父を目にするのは初めてだった。森から吹き寄せる風が隙間から入りこんできたかのように、強烈な薫りが部屋を満たした。新しい革と松脂《まつやに》の匂いが、霧のように立ちこめる蝿のうなり声と死を追いやった。父は、不動の姿勢のまま、息子の顔を見つめている。その目は恐怖に満ちていた。

父は不意に上体を屈めたようだった。間近に見る父は、恐怖と苦悩に苛まれ、体を震わせていた。息子を抱き上げて膝の上に乗せると、涙を見せずに泣いた。その姿からは、苦痛に満ちた驚愕が、頑是ない子どもによく見受けられる罪のない驚愕が、手にとるように伝わってきた。父の乾いた泣き声を聞きながら、フアンは生まれて初めて父の存在を身近に感じた。そして、父がけっして真の悪人ではないことを理解した。ただ単に愚かなだけなのだ。父の泣き声は、笑い声に似ていた。いつものあの笑い声である。

息子のファンの目の前で、何かが音を立てて崩れ落ちた。近寄りがたさや力強さといったものが、父から消え失せてしまったのだ。父はいまや、単なるひとりの罪人、その魂の救済のために祈りを捧げるように教えられてきた多くの罪人たちのなかの一人にすぎなかった。ミサに行かなかったとか果物を盗んだといった類の、どこにでもいる平凡な罪人である。ファンは、父の膝の上で体をこわばらせていた。頬のすぐ近くに迫った父のざらついた唇からは、地の奥底から響いてくるような、手で触れることのできそうな呻き声が洩れ聞こえてきた。ファンは、自分の体が天使のように真っ白でつかみどころがなく、冷たくなってしまったように感じた。

父はファンの手をとり、不器用に口を押しつけながら言った。

「みんなお父さんが悪いんだ。お父さんがいけなかったんだ。お母さんは気が変になっていた。ちくしょう、それなのに……。ああ、なんてこった！　お父さんのせいで、お前は母さんを亡くしてしまった。こんなばかなことをしでかすほど頭がおかしくなっていることに気がつかなかったなんて。哀れな息子よ、お父さんを許しておくれ」

先ほどまで飛び回っていた蜂は、金ボタンのようにカーテンに貼りついたまま、じっと動かない。自分は弱い人間だという思いが、フアンの心から消え去った。いまやたくましい人間に成長したのだ。それはきわめて濃密な力強さであり、蜂蜜のようにじわじわと相手の息の根を止める柔軟な強さだった。父が発した最後の言葉がフアンの心のなかで次第に明確な形をとりはじめた。許しておくれ、許しておくれ。苦しみそのものが消えていくように思われたが、フアンにはその痛みがよくわかっていた。熱い血潮が身内をかけめぐり、脳髄に押し寄せた。フアンは片手を伸ばすと、もはや気後れすることなく、父の頭を撫でた。父を愛しているわけではなかった。これから先も愛することはないだろう。しかしフアンは、右手に重くのしかかる剣をようやく見出したのだ。それを手放すことはけっしてあるまい。隣人に対する赦し、弱き者の重苦しい赦しを手にしたのだ。

「可哀そうな息子よ！」粗暴な父は何度もこの言葉を繰り返した。いまから四十年近く前の話である。

4

「あのときあんたがこの私をどれほど傷つけたか、おそらくあんたには想像もできないだろう。それでも私はあんたを許そうと思う。じつはあのときすでに許していたのだ。あんたが金を持ち逃げして行方をくらましたときにね」フアンはかつての親友、これまでの人生でめぐりあった唯一の親友にむかってそう言った。

一方、ディンゴの瞳はこう語っていた。〈勘弁してくれよ、もう昔の話じゃないか〉ディンゴは目を伏せ、手錠をかけられた両手と足元に時おり目をやった。これから裁判官のいる中央アルタミラへ連行されることになっていた。その後、裁きを受けるためにナヘラへ移されることになるだろう。フアン・メディナオは、ディンゴに助力を約束するためにわざわざここまでやってきたのだった。いつものように。

「ディンゴ、あんたがいま何を考えているのか私にはよくわかる。罪のない子どもの出来心にすぎなかったんだってね。たしかにそのとおりかもしれない。しかしこれだけは覚えておいてほしい。あんたは私から自由を、人生を奪い去ってしまったんだ。そうなんだ。置き去りにされた私は、たったひとりの友人も、鼻を差し入れて息をするための通気孔も失ってしまったんだよ」

ファンの声は熱を帯びていた。

「それとも、あんたはもうあのときのことなんかすっかり忘れてしまったとでも言うのかい？」

警吏たちは出発の準備を終えていた。移動に備えて体を温めておくために焚いたかがり火を、ぶつぶつ不平をこぼしながら、靴の踵で踏み消している。厳しい寒さのなか、手錠をかけられたディンゴの両手は青白かった。〈今度はお説教でも垂れるつもりかな。とにかく辛抱が肝心だ。最後は俺の手助けを買って出てくれるだろうし、新しい馬車を都合してくれないともかぎらないからな。そうなれば、やつの前からも、このどうしようもない村からもさっさと立ち去ってやることができる〉。二人は子どものころから少しも変わっていなかった。フアン・メディナオは、ほんの一ドゥーロのはした金といえども、人に貸す前にかならず慈悲に満ちた説教を垂れなければ気がすまなかった。しかし、最後はいつも気前よく貸してやったし、返済を無理強いすることもなかった。〈人それぞれに芝居の筋書きを考えては、それを自分なりに演じるってわけだ〉ディンゴは哲学的な感慨を漏らした。

紅《くれない》の空はすでに晴れ渡り、黒い骸骨のような樹木の影を浮かび上がらせていた。両足を泥に埋め、ディンゴの正面に立ちはだかったフアン・メディナオは、話をしながら寒さに震え、時おりコートの襟元を片手で掻《か》き合わせている。刺すような寒風に色褪せた髪をなびかせ、子どものころから変わらない、風邪をひいたような目をしている。声もそうだ。熱を帯びた不可解な震えとなることもある、内にこもった陰鬱な声である。その不快な声色は、口にされる言葉と不釣り合いな印象を与えるのが常だった。

「あのときのことなんかもうすっかり忘れてしまったとでも言うのかい?」フア

ンは同じ問いを繰り返した。酒に酔っているみたいにしつこかった。ディンゴは打ち消すように首を振った。〈このあたりで一杯恵んでくれてもよさそうなものだが〉ディンゴは心のなかでつぶやいた。

それを察したかのように、そばにいた警吏が葡萄酒の入った革袋をディンゴの口にあてがった。

「さあ、出発だ」号令がかかった。一行は外套にくるまり、馬車に乗りこんだ。歩かなくてもいいように、村に一台しかない馬車をファン・メディナオがわざわざ都合してくれたのである。

「さらば、友よ」ここが芝居の見せ場だと言わんばかりに、ディンゴは悲壮な調子で告げた。「いろいろと助けてくれて感謝するよ」

「いつでも力になるからな」ファンが応じた。「あんたは私の友達だ。たったひとりの親友だ……」

ファンの声は、車輪の軋みと御者の掛け声にかき消された。ファンは早足に馬車の後を追いながら、両手を口もとに当てて叫んだ。

「ディンゴ、心配はいらない。私もナヘラへ行く。できるだけのことをしよう。保釈金を用意して、あんたを家《うち》へ連れて帰ってみせる。そうすれば……」

馬車の窓から操り人形のように顔をのぞかせたディンゴは、顎ひげを風に揺らし、まだ何かを求めるような笑顔を見せながら、次第に遠ざかっていった。離れた両目は、さもしく抜け目のない男の永遠の勝利を物語っていた。ファン・メディナオの胸中を激しい憤りが渦巻いていた。

「友よ、私が力になるからな！」ファンはもう一度繰り返して立ちどまり、遠ざかっていく馬車をいつまでも見送っていた。

ディンゴの乗った馬車とすれ違うように、医師と司祭の二人がこちらへやってくるのが見えた。彼らが乗った馬はいずれも泥にまみれている。ファン・メディナオは足をとめ、司祭の姿を観察した。老齢の主任司祭がつい最近他界した後を継いでアルタミラへやってきた彼は、ファンとはまだ面識がなかった。青白い顔の年若い司祭は、金縁の眼鏡をかけている。神学校を出たばかりだった。その姿を見つめながら、ファン・メディナオは、鶉《うずら》の雛を食するときのような気分を味わった。浅ましくも愉快な気分が全身にみなぎった。

　ファンは二人に近づくと、出産のときに自分を取り上げてくれた酔っ払いの老医師に手を差し出した。紫色の唇をだらりと垂らした医師は、いまや廃人同様のありさまだった。仕事道具を収めた鞄が雨に濡れてふやけている。

　若い司祭は、手が差し伸べられるのを待たずに地面へ降り立った。僧衣《スータン》の裾が泥水に汚れている。胸元と袖の部分には大粒の蠟《ろう》が点々と付着している。おずおずとした面持ちで金縁眼鏡を鼻の上へ押し上げた司祭は、唇をかすかに震わせた。分別の備わった大人としての風格を示そうと努力している様子がうかがわれた。ファン・メディナオはそっと彼に近づくと、袖に軽く手を触れながら話しかけた。

「神父さま、告解を聞いていただきたいのです。聖体拝領もここではせいぜい年に一度か二度が関の山です。当地の暮らしがいかなるものか、もうご存じでしょう。ミサや聖体拝領に出ようと思っても、教会まで八キロもの道のりを行かなければなりません。私ももう若くはありませんし、体の具合もそれほどいいわけではありませんからね」

5

一行はファンの屋敷へ入った。酒瓶を手にした老医師は、暖炉の火のそばに座った。数匹の犬がたちまち彼を取り囲み、うれしそうに吠えはじめた。食卓にはたっぷりの昼食が用意されている。新米司祭はそれを一瞥しただけで顔を赤らめた。ひと口も喉を通らないのではないかと危惧したからである。

食事が終わると、ファンは木の十字架が壁にかかった奥の部屋へ司祭を案内した。椅子に腰を下ろした司祭は、窓の外へ目をやった。頸垂帯《ストラ》を肩にかけ、両手を組み合わせている。ファン・メディナオは司祭の足元に跪《ひざまづ》くと、十字を切るのももどかしく厳かな声で告解をはじめた。

「私は傲慢な人間です。傲慢の罪に汚されているのです。それをねじ伏せようと一生懸命闘ってまいりました。しかし、これまでに幾度となく膝を屈してきました」

事実、そういうことがこれまでに何度となく繰り返されてきた。フアンが傲慢の罪を意識したのは十歳のころである。

母の埋葬がすむと、父親のフアンは息子をアルタミラから遠く離れた寄宿学校へやった。息子の存在が良心の呵責を掻き立てたからである。はじめのころ父を悩ませていた激しい後悔の念は、幼い息子の姿を目にするたびに、苦々しい思いへと変わっていった。何カ月にもわたって後悔の念に苛まれるには、父はあまりにも健全な人間だったのだ。息子がすぐそばにいると思うだけで不快の念が募った。死んだ妻が身につけていた衣服を思い起こさせるラベンダーの香りと同じく、とても耐えられるものではなかった。ある朝、父は息子を連れて寄宿学校へ出かけた。馬に乗って美しい村に出ると、そこで緑色の馬車に乗り換え、幼いフアンの想像をはるかに超える大きな町に到着した。山の暮らしに慣れていたフアンは、町を歩きながら家並みや歩道のショーウインドーに目を奪われ、縁石につまづいた。

学校の校舎は、町外れの田舎に建っていた。なだらかな丘陵はどこまでもやさしく、アルタミラの岩肌や森とは対照的な景観をかたちづくっていた。父との別れの時がやってくると、小さな鞄を握り締めたファンは、それまでに味わったことのない悲しみに襲われた。

五年の歳月が流れた。村にいるときと同じく、学校でも友だちには恵まれなかった。ほかの生徒たちとどこか違っていたファンは、村の子どもたちから投げつけられたのと同じ嘲《あざけ》りの言葉を耐え忍ばねばならなかった。何事にも不器用で愚鈍だった彼は、どこまでも垢《あか》抜けのしない子どもだった。教師からも級友からも好かれなかった。休み時間になると、ファンはひとりベンチに腰を下ろし、悲しみも喜びも感じることなく、教室の子どもたちが遊んでいる様子をじっと眺めていた。自分が彼らとまったく違った子どもであることを意識していたファンは、その大きな頭をからかわれても、もはや何も感じなかった。要するに彼は、自分とは何のかかわりもない人間からできるだけ早く引き離してほしいと神に懇願するような、風変わりな少年だったのである。すでに傲慢の種を宿していたが、そのことにはまだ気づいていなかった。ただ、教会にいるときだけは、わけもなく流れ出る涙に頰を濡らすことがあった。宗教の授業を受け持っていた教師は、公教要理を真剣に学ぼうとしないフアンを不信心だと言って非難し、罰として床に両膝をついたままじっとしているように命じた。夏休みになると、フアンはアルタミラに帰省した。とはいえ、終日家のなかに閉じこもり、納屋に忍びこんではマッチ箱や切手、ビーズ玉、ロザリオなどを相手に遊んでいた。布切れで小さな祭壇をこしらえたり、鳥の死骸を土に埋めたりして遊ぶこともあった。学校の先生や級友たちを避けていたように、アルタミラに帰ってからも、農夫たちの息子や自分の父親とはできるだけ言葉を交わさないようにしていた。学校に通っていた五年間というもの、弟を目にした記憶はなかった。ときどき思い出すことはあったものの、そのたびに、弟の存在を頭のなかから消し去ろうとでもするように、奇妙な不快感を覚えながら、記憶から遠ざけようとした。〈もう死んでしまったにちがいない〉そう考えて自分を慰めることも珍しくなかった。あるとき、父親から張り子の馬をもらったことがあった。ところが、何かの拍子に耳がちぎれ、ぽっかり開いた黒い穴を見るたびに、不可解な恐怖に襲われた。フアンは、張り子の馬を納屋に隠すと、もう二度とそれを相手に遊ぼうとはしなくなった。世間一般の子どもたちがパイロットや闘牛士になりたいと願うように、彼は聖人になることを夢見た。

ある日、十歳になったフアンが長期休暇で家に帰ると、不自由な体を引きずった父親が現れた。馬から落ちて大怪我をしたのである。杖で体を支え、不機嫌な顔をした父親は、伸ばした片足に添え木をあてがい、三角巾で腕を吊っていた。片方の手に葡萄酒の入った壺を握り、少しでも愉快に時間を過ごそうとしていたが、家中に響き渡る声で絶えず悪態をついていた。暇を持て余していた父は、にわかに息子の学校生活に関心を抱きはじめ、十歳になるのにいまだ満足に字も読めず、足し算もできないことを知って驚いた。拳を振り上げて罵りはじめた父親は、吐き捨てるように言った。

「お前はいつまでたってもぼんくらの田舎者だ。そのばかでかい頭は何のためにある？　その中にはいったい何が詰まってるんだ？　もう学校へは行かなくていい。金がかかるばかりで何の役にも立たん。いずれこの家の身代はみなお前のものになるんだから、少しは仕事を覚えたほうがいいだろう。といってもお前は、たくましい人間というわけでもないがな」

父はしばらく黙りこみ、何か考えている様子だったが、ついにこらえきれなくなったようにこう言った。

「それにひきかえパブロ・サカロはどうだ？　お前もあいつを見ればわかるだろう。まったく大変な子だよ。腹のなかに賢人を住まわせているんじゃないかと思えるほどだ。大人顔負けの知恵者だ。まだ五歳にしかならないはずだ。フアン、お前はそれでも恥ずかしくないのか？　自分の半分くらいの年にしかならない洟垂れ小僧が、学校にも行っていないし、これから先も行くことはないというのに、字もちゃんと読めるし、計算だってできるんだぞ」

フアンは心臓のあたりが冷たくなるのを感じた。パブロ・サカロというのは、父がサロメに産ませた子にちがいない。父の言葉には、隠そうにも隠しきれない、わが子を誇りに思う気持ちが滲み出ていた。自分の子として正式に認知していたわけではなかったが、幼いサカロが父の子であることを知らないものは誰もいなかった。

その夜、フアンは一睡もできなかった。新たな苦しみに激しく攻め立てられたからである。〈あいつは死んでなんかいなかった。まだ生きているんだ。いまこの瞬間にも、このぼくと同じように、たしかに生きているんだ〉血を分けた弟が、同じ空の下、神に選ばれし人間として生きている。フアンは拳を噛んだ。奇妙な不安に苛まれ、目が冴えてくる。その姿をつぶさに観察した父親が弟を手放しで褒めたことなど、幼いサカロと神を分かち合うことになるかもしれないという事実に比べれば、たいした問題ではなかった。そのことを考えただけでも、耐えがたい苦痛に襲われ、ぞっとした気分になるのだった。弟の存在を身近に感じるようになるまでは、神が自分以外の人間のためにも存在しているという事実に思い及ぶことはなかった。フアンはいま、パブロが自分によく似ているにちがいないという考えにふたたび悩まされていた。いまや、自分に似た人間がこの世に存在することを望まないばかりか、弟のパブロ・サカロが父やサロメと同じく、あるいはこの世のすべての人間と同じく、現世の罪を背負った人間であってほしいと願わずにいられなかった。自分とは似ても似つかぬ人間であってほしい。自身の内にひそむ傲慢に気づいたのはこのときである。しかし、それを消し去ることはできなかった。孤独の数年間を通じて、彼は傲慢の種を着実に養い育ててきたのだ。

フアンは、弟に会わずにいられない気持ちだった。弟に会いに行き、その手と顔にじかに触れ、その声を聞き、その目をじっと見つめなければいけない。夜が明けるや、彼はさっそく弟を探しに出かけた。畑では農夫たちが藁《わら》を放り投げていた。フアンは、サカロ家の人々が働いている脱穀場のほうへ足を向けた。熱を帯びた風が吹き寄せるなか、すぐに誰かに見つかってしまうことのないように、ゆっくりと丘を登っていった。

陽射しを浴びた脱穀場は、燠火《おきび》のような光を放っている。宙を舞う藁《わら》の塊も、日の光を浴びてきらきらと輝いている。サロメは、日焼けした褐色の腕をむき出しにして、小麦を篩《ふるい》にかけていた。なにやら大きな声で姉と語らいながら、楽しそうに笑っている。子どもたちは犬とじゃれ合ったり、小さな木の熊手を振り回したりしている。フアンの胸は火のように熱くほてり、金床を叩くハンマーのように早鐘を打っていた。年嵩《としかさ》の子どもがフアンに気づき、かすかな笑みを浮かべて仲間に合図を送った。すると、例の囃《はや》し声が響き渡った。「頭でっかち、やーい、頭でっかち……」脱穀場で働く大人たちも笑みを浮かべたが、何も聞こえないふりをした。フアンはその場に立って、相手を睨みつけた。ついには犬までが彼にむかって吠えたてた。フアンが動じないのを見てとると、子どもたちはますます声を張り上げた。ひとり、またひとりと寄り集まり、じわじわとフアンに近づいていく。最後に仲間に加わったのは最年少の男の子だった。浅黒い肌をした活発な男の子は、黙ってしゃがみこむと小石を拾い上げ、無邪気な中にも奇妙な冷酷さをたたえた笑みを浮かべながら、フアンにむかって投げつけた。相手が地主の息子であることは十分に心得ているようだった。そのとき、女の叫び声が聞こえた。「パブロ！　こっちへ来な！　まったくしょうのない子だよ」声の主はサロメだった。男の子はポケットに両手を突っこみ、挑むような、それでいて無邪気な微笑みを浮かべてフアンの顔を見た。フアンも負けじと剣のように鋭い視線を返した。男の子は年のわりに背が高くがっしりとした体つきで、艶のある黒髪を瞼《まぶた》の上に垂らしていた。小ぶりの鋭い歯が白く輝いて並んでいる。どことなく狼を思わせる風貌だった。

フアンは頭を低くしてじりじりと後退した。その場にがんじがらめにされてしまったように、狼の子どもを思わせる男の子のそばに釘づけになったまま、彼に対する愛と恐怖を感じていた。男の子が生まれた日の明け方、フアンはやはりこの脱穀場にやってきて地べたに横たわり、弟への愛と憎しみをともに感じたのであった。このとき、冷淡な態度を持していたフアンの心に、劇的な変化が訪れた。弟が人間のすぐ近くに身を置いていることを、ほかの何にもまして人間のすぐそばに身を置いていることを、水のように大地に接して生きていることを知ったのである。もう学校へは戻るまい。これからは弟のそばにいよう。フアンの心にひそむ傲慢は、彼の血肉となり、より人間的なものとなった。パブロ・サカロを打ち負かさねばならない。彼に闘いを挑み、なんとしても勝たねばならない。

犬が相変わらず遠くからフアンにむかって吠えつづけていた。

6

「神父さま、私は浅ましくも欲深い人間です」

さすがは高利貸のれっきとした孫である。しかしこの点については、過度の浪費家であった父にも責任があった。息子のファンは、落馬して大怪我をした父が家に閉じこもるようになると、その行動をつぶさに観察するようになった。家のなかでじっとしていることに耐えられなくなった父親は、気を紛らすために馬鹿げたことを次々と思いついては、内気で引っこみ思案の息子を苛立たせた。静寂と平穏を何よりも好むファンは、父親を取り囲む騒々しい連中に悩まされた。

ある日、父は家の中庭に面した大きなバルコニーに愛用の肘掛け椅子を運びこませると、黄金色の敷石の中庭で、畑仕事から戻ってくる農夫たちに葡萄酒を振る舞うよう命じた。葡萄酒の入った壺を手にもち、バルコニーに立って酒盛りを主宰しようという心積もりである。使用人たちが浮かれ騒ぐ猥雑などんちゃん騒ぎといえども、とにかく大勢の人間に囲まれていないと気がすまないのである。もう九月も末に近く、種蒔きを終えた小作人たちは中庭の篝火《かがりび》を取り囲み、羽目を外さない程度に酒を飲みはじめ、上機嫌に酔っ払った。一段高くなったバルコニーからその様子を見守っていた主人は、調子外れの声を張り上げて歌をうたった。中庭の地面は緑色の瓶に覆われ、まき散らされた葡萄酒が篝火《かがりび》を受けて赤く輝いていた。次第に冷え込んできたが、誰もが真夏日のように汗をかいていた。澄み切った空の下、柱にもたれかかっているものもいれば、地べたに寝そべって鼾《いびき》をかいているものもいる。部屋の窓からその様子をうかがっていたフアンは、心のなかでつぶやいた。〈ぼくがここの主人になったら、みんなを沈黙の掟に従わせてやる。気前のいい人間なんかにはならないぞ。それは誰にとってもよくないことなんだから。ぼくはみんなの生活を正しく導いてやるんだ〉。骨の髄まで豪放、過剰、粗暴な父とは反対に、息子のフアンは吝嗇《りんしょく》にして小心、度量の狭い人間に育った。大盤振舞《おおばんぶるまい》をほしいままにしていた父とは違って、万事倹約を旨とする生活を農夫たちに強いるつもりであった。

「どうせ只《ただ》でもらった命なんだから、惜しみなくそれを使い果たして、誰かほかの人間にやってしまってもいいわけだ」父はよくそんなことを口にした。祖父ファンへの反感を心の糧としていた父と同じく、息子のファンも父を反面教師として育った。中庭で酒を飲んで酔っ払い、主人に対する不躾《ぶしつけ》な冗談を口にする小作人たちを眺めながら——当の主人は聞こえないふりをしているか、聞こえたとしてもよく理解できないようだった——、ファンは考えた。〈ぼくがここの主人になったら、けっして無駄口なんか叩かせないぞ。収まるべきところにすべてが収まり、秩序と平穏が行きわたるようにしてみせる〉このときファンの脳裏には、パブロ・サカロの姿が瞬時に浮かび、彼もいずれ自分の下で働く日が来ることに思い至った。総身の血が沸き返るようだった。

ファンは遠くから、まるでスパイのように物陰に身をひそめ、弟を観察した。ファンの見るところ、弟は活発な子どもで、父親のファンと同じく、貧しい人々が暮らす土地には不相応なほどの寛大さを持ち合わせているらしかった。年のわりに落ち着いた的確な動作で、犬にパンを分け与えていた。ほんの一度か二度、弟が話しているのを耳にしたことがあった。土地の人間がよく口にする怒気を含んだ嘆き節とも、アルタミラの子どもに特有の粗野なはにかみとも無縁な、歯切れのよい簡潔な言葉遣いと、よく通る声が印象的だった。顔立ちはサロメに似ていた。しかし、小柄な体つきや独特の歩き方などを見ていると、土地の人間の誰にも似ていないように思われてくる。両手をポケットに入れ、しっかりした足取りで悠々と歩くその姿は、なかなか頼もしかった。他人に愛情を示すことには無関心なくせに、周囲の誰からも好かれてしまうといったタイプの子どもだった。自分から何かを差し出したり、愛想笑いを浮かべる必要はなかった。サロメの仕事仲間の女たちに取り囲まれ、どんな悪戯《いたずら》も大目に見るつっけんどんな愛情に包まれているようにみえた。フアンにはそれが解せなかった。犬までがパブロ・サカロに忠実に付き従い、彼に乱暴を働こうとするような子どもは一人もいなかった。ところが、パブロは愛情に身を任せることが苦手だったらしく、母親のキスを拒むところをフアンは目にしたことがあった。飼い馴らされていない動物と同じように、誰かに頭を撫でられたり、軽く触れられることさえ頑強に拒むのだった。

ある日のこと、中庭に出た父親のフアンは、家の外を歩いていく幼いパブロ・サカロの姿を認めた。マスチフ犬の子どもを二匹腕に抱えたサカロは、川へ向かって歩いていた。父親のフアンは、松葉杖の助けを借りてどうにか歩けるようになっていた。サカロの姿が目に入ると、急いで門扉のほうへ近づいた。息子のフアンも父親の後につづいた。父は、通りの角を曲がろうとするサカロを呼びとめた。

「サカロ!」

サカロは後ろを振り向いたが、引き返すそぶりは見せなかった。父は、時おり見せる明るい笑顔を浮かべ、きらきら輝く目で息子の姿を見つめている。本当は呼びとめたくなかったけれどもそうしないわけにはいかなかったとでもいうような、思い切った決断の跡がうかがえた。とはいえ、いったい何を話せばいいのか、自分にもよくわかっていない様子だった。パブロが背を向けてふたたび行きかけると、父はすかさず呼びとめた。

「こっちへ来い」サカロは、物怖じすることなく父の言葉に従った。

「それは何だ？」パブロが無言のまま仔犬を一匹差し出すと、父はそれを手にとった。ファンは、父親が顔を赤らめたまま、仔犬を持て余しているのを見てとった。

「どこへ行くつもりだ？」

「川だよ」パブロは答えた。

「いいか、坊主、こいつをお前から買おうじゃないか。アルタミラでいちばん立派なマスチフ犬になるはずのこいつを、お前は川へ沈めてしまうつもりか？　それならば俺が引き取ろう」

「汚い犬だよ」パブロが落ち着き払って答えた。「母さんを知らないまま死ぬんだ」

「黙れ！」父が声を荒らげた。「洟垂れ小僧のお前に何がわかる？　この俺が引き取ろうと言ってるんだ。一ドゥーロでいいな？」

パブロは無言のまま、父の顔を見つめた。父はポケットから銀貨を一枚取り出し、パブロに手渡した。そして、仔犬を抱きかかえたまま、踵を返して家のなかへ入ってしまった。パブロは、手のひらの上でぴかぴか光る銀貨を見つめ、狼のような鋭い歯で噛んだ。かつて金物商が村にやってきたとき、母親がそうするのを見たことがあったのである。フアンは、これほど間近に弟の顔を見るのは初めてだった。弟の手は大きくてごつごつしていた。母親のサロメと同じく、ざらついた浅黒い肌をしている。青みがかった黒髪が眉毛の上にかかり、左右に大きく膨らんだ短い鼻が獲物を狙う獣のようにぴくぴく震えていた。遠ざかっていくパブロの後ろ姿を見送りながら、フアンは感嘆と憎しみの入り混じった気持ちを抱いた。父親から小遣いをもらったことなど一度もなかった。

冬が近づいているせいか、あたりはすっかり冷え込んでいた。それでもパブロ・サカロは、破れたシャツと青色のズボンを身につけているだけだった。フアンは、弟の肘と、リンゴのように赤く色づいた膝に目をやった。革の上着を着こんでいるにもかかわらず、フアンは寒さに震えていた。朝から晩まで土にまみれて動き回っているはずなのに、パブロの肌はなぜこうもつやつやと輝いているのだろう。黒々とした髪も光沢を帯びている。色艶のよい引き締まった体つきは、すらりと伸びた樹木を思わせた。それに比べると、フアンはいかにも弱々しくて薄汚く、いつも鼻水を垂らしていた。彼はやにわに足を速めると、パブロの腕をつかんだ。

「おい、待てよ、この泥棒め」震えを帯びた声で言った。何年も後に旅芸人のディンゴを狼狽させることになるあの声だ。パブロに睨み返されたファンは、相手の目を真正面から見据えた。その大きな丸い瞳はどこまでも澄んでいて、黒い葡萄の粒を思わせた。瞳の奥深くに吸いこまれた光は、深紅の葡萄酒のような色をたたえている。それはもはや幼い子どもの目ではなかった。ファンの声は喉の奥に吸い込まれてしまった。

「ぼくは泥棒なんかじゃない」つかまれた腕を振りほどくと、パブロは言った。怒っているわけでも、相手を恐れているわけでもなさそうだった。それにしても、子どもとは思えないほどの落ち着きぶりである。その確固たる足取りと同じく、パブロの声は矢のように、穂のようにまっすぐ突き進んだ。

「いや、お前はやっぱり泥棒さ。お金をもらったくせに、犬を殺すつもりなんだからな」

「そんならあんたにくれてやるさ」そう言うと、一ドゥーロ銀貨を突き返した。

ファンが何か言いかけたとき、パブロはすでに仔犬を抱きかかえたまま川へ下る道を歩きはじめていた。

前の晩に雨が降ったために川の水は赤く濁り、鈍い音を立てながら岩々を飛び越えている。ファンは木の幹にもたれかかり、銀貨を握りしめていた。それは、手のひらのなかで融け出したかのように熱かった。喉が締めつけられるような感覚に襲われたファンは、わっと泣き出さずにはいられないような痛ましい気持ちになり、それが針のようにちくちくと首の周りを突き刺すのを感じた。ファンの苦しい胸の内などお構いなしに、パブロは仔犬の後ろ脚をつかむと、片手に握った石で思いきり頭を殴りつけた。仔犬は弱々しい悲鳴をあげ、サカロの両頬に血が飛び散った。彼は片腕で血を拭うと、マスチフ犬を川へ投げ捨てた。そして、両手をポケットに入れたまま、水嵩《みずかさ》の増した川を遠くへ運ばれていく仔犬の死骸を見つめていた。やがて、黄に染まった木の葉の森をめざして、斜面を急ぎ足で登りはじめた。

黒々とした木に囲まれ、深まりゆく秋が葉を落としていた。遠ざかっていく少年の影には、御しがたく生き生きとした何かが満ちている。ファンは、自分がいったい何を望んでいるのかもよくわからないまま、彼の後を追った。

二人は森番小屋の前に出た。そのあたりの土地もファン一族が所有するものだった。小屋の扉のすぐそばで、十四歳くらいの少年が膝に猫をのせ、地べたに座っている。背中に縞模様のある赤毛の猫である。

数歩離れたところからパブロが呼びかけた。

「ディンゴ！」

少年は顔をあげた。

「川へ行く途中で、旦那が仔犬を売ってくれって言うんだ。でもこいつが、残りの一匹もどうせすぐに死ぬんだろうとか言って、お金を横取りしたんだよ」

そう言うと、パブロはくるりと背を向け、両手をポケットに入れたまま、村へ行く道を歩きはじめた。

ファンは両肩をすくめながら考えた。〈ということは、仔犬はこいつのものだったんだ。川へ沈めるようにあいつに言いつけたんだろう〉

ディンゴは相変わらず猫を撫でながら立ちあがると、ファンを睨みつけた。ファアンは思わず後ずさりした。少なくとも四歳は年上のディンゴは、やけに図体が大きかった。ファンは、人に殴られる前にいつもそうなるように、恐怖に身がすくんだ。父親に鞭で打たれるときも、最初の一撃を喰らう前から全身がぶるぶる震え出すのだった。

「金を横取りしたのはお前だな」ディンゴは目を細めた（彼はそのころから芝居がかった男だった。アルタミラの子どもたちはみな、ディンゴの大仰な身ぶりや変幻自在な声色、道化のような仕草に眩惑されていた）。

「あんな犬にはもったいないからだよ」恐怖に身を震わせながらファンは応じた。

ディンゴはすかさず相手を突き飛ばした。尻もちをついたファンは、森のなかの枯れ葉の絨毯《じゅうたん》の上に背中から倒れこんだ。ディンゴの大きな手がファンの襟首をつかみ、激しく揺さぶった。

「もったいないからだよ、もったいないからだよ……」ディンゴは相手の声音をまねた。「だからどうだっていうんだ。それがお前に何の関係がある？　金を横取りするなんて、いったい何さまのつもりなんだ……」

このとき、ディンゴの顔色が一瞬にして変わった。そして、両腕の力を抜き、だらりと垂らした。縞の赤毛猫がディンゴの肩先に乗り、主人の頭に体をこすりつけている。ディンゴは、何ともいえない驚きの表情を浮かべたまま、ファンの顔を見つめていた。

「お前、まさか……」それまでとは打って変わった口調で言った。「旦那の息子じゃあるまいな?」

ファンは力なく頷いた。今度こそ殴られる、さっきよりも強く張り飛ばされるにちがいない。顔に唾を吐きかけられるかもしれない。ファンは、村中の子どもたちから憎まれていたのだ。

しかし、今度ばかりは違った。ディンゴはファンを抱き起こすと、背中に貼りついた落葉をはたき落とした。ファンは、たくさんの小枝を髪の毛につけたまま、唇を小刻みに震わせている。ディンゴはすかさず言った。「いいか、泣くんじゃないぞ。俺はお前のことをよく知らなかったんだ。だって、お前が広場まで下りてくることはめったにないし、畑に出ることもないんだからな。俺は俺で、いつも森のなかを歩き回ってるときている」

フアンは、涙を拭こうと片手を頬へやった。

ディンゴには、彼がなぜ泣いているのか、その理由がわからなかった。フアンは森番の息子にじっと目を注いだ。顔を上に向けたまま、長いこと見つめていた。フアンの背丈は、相手の腰にようやく頭が届くほどの高さしかなかった。

「これ、あげるよ。君のなんだから」それだけ言うと、フアンは一ドゥーロ銀貨をディンゴの手に握らせた。そして、くるりと背を向け、屋敷のほうへ下っていく木々に囲まれた小道を歩きはじめた。

ディンゴは呆気《あっけ》にとられたまま、フアンの後ろ姿を見送った。そして、パブロやサロメと同じように、歯を立てて硬貨を噛んだ。正真正銘の銀貨だった。

家へ帰り着いたフアンは、自分の部屋に上がると、まるで誰かに追われているかのように、扉をぴったり閉ざした。むき出しの真っ白な壁に囲まれたベッドの上に黒い十字架が掛けられているだけの、殺風景な部屋である。カーテンが風に揺れている。北西墓地の斜面に立ち並ぶポプラの木々も、吹き寄せる風になびいていた。

冬の夜といえども、家のなかでこれほどの寒さを感じたことはかつてなかった。部屋がこれほど殺風景に見えたことも、それまでになかったことだ。そうなのだ。ファンが欲深い少年だったのも、つまるところ彼が何物も所有していなかったからにほかならない。ファンは自分の手のひらを眺めた。首に巻いたマフラーの房かがりをした先端が、腰のあたりまでだらりと垂れ下がっている。犬の吠え声に気づいて窓の外に目をやると、厩舎《きゅうしゃ》番の若者が中庭で犬と戯れていた。その様子を眺めているファンには、なついてくれる犬もいなければ、森番の息子ディンゴが飼っているような、肩先に飛び乗ってじゃれついてくる赤毛の猫もいない。それにしても、ディンゴはなぜファンを殴らなかったのだろう？　いったいどうして、ぶざまで軟弱な彼をからかわなかったのだろう？　ディンゴは、内股野郎とも、頭でっかちとも、洟垂れ小僧とも、その手のことはいっさい口にしなかった。それどころか、背中の落葉をはたき落とすことまでしてくれた。

奇妙な苛立ちを覚えながら、ファンはシャツの襟元をはだけた。黄色みを帯びた青白い肌の胸元にメダルがぶら下がっている。表面に刻まれた小さな十字架の上に青白い光が揺らめいていた。フアンは、待つという務めから自分を早く解放してくれるよう神に祈った。何の役にも立たないその体を、蛆虫や蟻、花々と一緒に地の底へ埋めてしまうことができるように神に祈った。そして、周囲の事物との間に生じる空白を埋めることなく大人になっていくという定めから自分を解き放ってくれるように神に祈った。積み重なる歳月を松明《たいまつ》のように燃やしていく運命から解き放ってくれるように……。いつの間にか部屋の隅々にまで陽が射しこんでいる。地平線に没する前の太陽が、あらゆるものを炎のように真っ赤に染め上げていた。目に入るものすべてが恐ろしい勢いで燃えあがり、部屋の四隅が赤く色づいている。部屋の中央に立ちつくしたフアン・メディナオは、周囲の世界を映し出す鏡になってしまったような気がした。生命力の無償の迸《ほとばし》りが、鏡となった自分の体にことごとく映し出されているような、そんな感覚にとらわれたのである。高利貸の孫としてこの世に生まれた彼は、生きることの辛さや苦しみから解き放たれることを望んでいた。

そのとき、風の音を引き裂くような口笛が聞こえた。窓の外に目をやると、大きな黄金色の落葉が一枚、中庭をくるくる舞っている。羊飼いかと思った次の瞬間、さらに近くで口笛が鳴り響いた。

垣根の上に身を乗り出したディンゴが、中庭へ下りてくるようにしきりに合図を送っていた。フアンを呼びにきたのだ。

フアンは夢中で部屋を飛び出した。まだ十一歳の子どもである。ついさっきまでの救いのない絶望が、一瞬にして痛いほどの歓喜に取って代わられたとしても不思議ではない。なにしろあのディンゴがわざわざ会いにきたのだ。フアンを殴りもしなければ、嘲《あざけ》りの言葉を投げつけることもしなかったあのディンゴが。

ディンゴは、この上なく柔和な、取り入るような表情を浮かべている。「少し話でもしようかと思ってな」こともなげにそう言った。ほんのひと言でさえフアンと言葉を交わそうとするような人間がこの界隈には一人もいないことをディンゴはまだ知らないようだった。二人は地面に腰を下ろした。ディンゴは、背中に縞模様のあるペリコという名の猫に、さまざまな芸を披露させた。ペリコは、柳の小枝で作った小さな輪をくぐり抜けたり、後ろ脚で立ち上がったり、体をくねらせて踊ったり、玉転がしをしたり、小皿を口にくわえてチップをねだったりした。ディンゴは、猫のためにわざわざ紙製の小さなとんがり帽子までこしらえていた。「村のやつらから十センティモずつとって、こいつの芸を見せてやるんだ」見世物が一段落すると、ディンゴは何気ない調子で言った。ファン・メディナオはうつむき加減につぶやいた。

「ぼくにはそんなお金ないよ」

「まさか！」目を輝かせながらディンゴが応じた。「でも、親父《おやじ》さんなら持ってるだろ。だって、これを見てみろよ」ディンゴはポケットから一ドゥーロ硬貨を取り出した。沈みかけた太陽の光を受けて、硬貨は弱々しく光った。

「でも、ぼくにはお金なんかないよ」ファンは落胆した声で繰り返した。

「おいおい、勘違いするなよ。お前から金を取ろうなんてつもりはないよ」そう言うと、ディンゴはいかにも鷹揚に腕を広げた。

ファンはまるで夢を見ているようだった。この大人びた少年から友情を示されるなんて、その理由が彼にはどうしても呑みこめなかった。ディンゴが持っている仮面についてはまだ何も知らなかった。夜になると顔からはがれ落ちてしまう泥の仮面については。

それから二日間というもの、ディンゴは同じ時間に中庭にやってきた。ペリコのほかに小さな人形を携えていた。彼が自分でクルミを加工して作ったものだった。人形の顔は桑の実のしぼり汁で着色してあった。ディンゴが巧みに糸を操ると、人形たちは飛び跳ねたり、踊ったり、取っ組み合いの喧嘩を演じたりした。まるでバルコニーの手すりから身を乗り出すみたいに、人形たちはディンゴの上着のポケットから顔をのぞかせていた。ディンゴの体は、おがくずや若木の匂いがした。彼を慕うフアンの気持ちは、氾濫する川のように膨らんでいった。

あるとき、森番が突然やってきて、ディンゴの耳を思い切り引っぱった。息子を探しにきた父親は、このろくでなしめ、小屋の裏の畑を耕しておくようにあれほど言ったじゃないかと息巻いた。

「毎日毎日同じことの繰り返しだ！」森番はそう言いながら、ディンゴを引きずった。「いつまでもそうやって親の脛をかじってるつもりか？　今度こそ思い知らせてやる。楽をすることしか考えておらんようだからな」

そんなことをしきりに繰り返し、この役立たずめと罵りながら、ディンゴを強引に引っぱっていく。激高していることは明らかだった。ディンゴは身を守るために両腕で頭を抱えたが、森番はかまわず杖で殴りつけた。二人の後には、ディンゴが落とした人形が点々と散らばり、ファンは、まるで大切な宝物か何かのように一つひとつ拾い上げていった。ディンゴが耕すのを怠った畑のすぐ横にある、森のなかの小屋にたどり着くと、父親は腰からベルトをはずし、息子を鞭打った。鞭が唸りをあげるたびに、ファンの背中にも激痛が走るようだった。

森番が立ち去ると、ファンはディンゴに駆け寄り、腰を下ろした。鞭打ちが始まるや一目散に逃げ出したはずの猫が、わざとらしくニャーニャー鳴きながら戻ってきた。落葉の上にうつぶせになり、両腕に顔を埋めたディンゴは、体をぴくつかせていたが、泣き言はいっさい洩らさなかった。シャツのあちこちが裂けている。

「いつもこうなんだ」ディンゴはようやく口を開いた。「俺を無理やり働かせようとするんだ」

「ぼくも父さんにぶたれるよ」ファンが言った。「君と同じくらいこっぴどくね」

ディンゴは驚いて顔をあげた。

「お前も働けって言われるのか？」

「そうじゃないけど……」ファンは考えこんだ。そういう理由で叩かれるわけじゃない。臆病だからとか、中庭で射撃の練習をしているときに的を外したとか、訊かれたことに対してうまく答えられなかったとか、そんなことだ。ファンは言った。

「ほかの理由でぶたれるんだ」

ディンゴは、着ているシャツのボタンを外すと、裸の背中をむき出しにした。徐々に腫れ上がり、火傷のようにひりひり痛むあの真っ赤な幾筋もの傷痕は、ファンにはすでにお馴染みのものだった。彼もまた、頬に残る傷痕を示しながら、「ベルトの留め金で叩かれたんだ」と言った。

「学校でも神父さんに叩かれたのか？」

「そうだよ。顔を平手で殴るんだ」

「そうか。女みたいなことをするんだな」

ディンゴの唇は乾き、血の気を失っていた。そろそろと上着を羽織る彼の瞳には、鞭打ちに慣れきってしまった人間に特有の、痛ましい哀願と従順な悲嘆の色が浮かんでいた。

「ちくしょう！」ディンゴが口走った。「なぜほっといてくれないんだ？」

「ディンゴ、人形を拾ってきたよ」

二人は地面に腰を下ろし、畑仕事のことも忘れ、クルミの人形の顔や手足をはめこんだ。無言のまましばらく作業に没頭していたが、奇妙な物音が風に運ばれてくるのに気づいたディンゴが、はっと息をのみ、顔をあげた。まるで獲物を見つけた猟犬のようだった。

「おい、あっちだ、フアン・メディナオ！」ディンゴは叫ぶと、いきなり立ち上がり、無我夢中で駆け出した。

遠くの丘を進んでいく旅芸人の馬車が見えた。坂道をゆっくり下っている。

「走るんだ、フアン・メディナオ！　急げ、ジプシーたちだ！」

二人は広場をめざして走った。森番に鞭打たれたことも、人形のこともすっかり忘れてしまったようだった。背中を弓なりに曲げた猫のペリコは、窓枠に飛び乗った。

このまま行けば、旅芸人の馬車はまちがいなく広場に出るはずである。二人がそこへたどり着くと、村の子どもたちが大勢集まり、馬車の到着を待ちわびていた。一団となった彼らは、蜂の巣をつついたような大騒ぎである。ちびのサカロだけは、ポケットに両手を突っこみ、少し離れたところにぽつんと立っていた。丘のほうを見るでもなく、村の子どもたちが騒ぎ立てる様子を静かに見守っている。フアンは心のなかでつぶやいた。〈パブロ・サカロだけは一足先に切符を手に入れて、ちょっとした見世物を楽しんでるってわけだ〉

「サーカス犬もやってくるんだぞ」ぽかんと口を開けた子どもたちを前に、ディンゴは興奮した様子でしゃべっていた。夢のサーカス犬の触れ込みに熱中すればするほど、ペリコの芸がじつにお粗末なものに思えてくるのだった。村の子どもたちに囲まれたディンゴは、頭と肩がひときわ抜きん出ていた。もはや畑仕事のことなどすっかり忘れてしまったようだった。ディンゴとほぼ同い年の子どもたちは、もうかなり前から親の畑仕事の手伝いをさせられていた。

馬車はすでに広場に乗り入れていた。御者台には、黒い大きな口ひげを蓄えた仏頂面の男と、お供の少年がひとり座っていた。村の子どもたちが歓声をあげながら一斉に馬車へ駆け寄ると、御者が雷声を轟《とどろ》かせた。

「さあ、どいたどいた！」

低地アルタミラに腰を落ち着けるつもりなど最初からなかったようである。逃げ足が速く落ち着きのない子どもたちを尻目に、さっさと村を後にすることに決めていたらしい。ところが、そんなことなどつゆ知らぬ子どもたちは、一団となって踏みとどまり、馬車の行く手を阻んでいた。御者台の男は彼らの頭上で鞭を唸らせ、遠くへ追い払った。

すると、ひとりの男の子が、哀れみを誘う悲しげな声で訴えた。「行かないでくれよう！　行かないでくれよう！」

「やっぱり行っちまうのか」ディンゴがぽつりと言った。

ディンゴの両肩は、子どもらしい落胆の色をあらわにし、いかにも気落ちしたようにしょげ返っている。まるで旅芸人一座に命の半分を持っていかれてしまったみたいだった。村の子どもたちも、年ごろに似合わぬ悲痛や、落胆のあまり憔悴したような表情を浮かべていたが、馬車が行ってしまうのをディンゴと同じ目で見送ったものはいなかった。彼だけが、あのすがるような離れた両目で、遠ざかる馬車の後ろ姿を見送ったのだ。村の中心部を走り抜けた馬車は、ここより豊かな土地をめざして進んでいく。パブロ・サカロだけが、思慮深く冷静な傍観者の目で、その様子を眺めていた。子どもたちが一様に口を閉ざすなか、馬車の車輪の軋みがはっきりと聞きとれた。

「行っちまった」ディンゴがふたたび繰り返すと、ファンは憂鬱な笑みを浮かべた。彼にはよくわかっていた。またいつもと同じだ。みんな遠くへ行ってしまうのだ。

子どもたちは押し黙ったまま、町角の向こうへ消えていった。残されたファンとディンゴだけが、遠ざかっていく馬車を、いつまでも未練がましく見送っていた。二人は、馬車の車輪が巻き上げる黄色い雲のような土煙の後を追って歩き出した。

彼らは村のはずれで足をとめた。ディンゴは、道端にぽつんと立っているポプラの木の根元に腰を下ろした。低地アルタミラの境界線のすぐそばに立つ最後の一本である。冷たい一陣の風に吹かれ、二人は思わず服を着たまま身を震わせた。彼方に遠ざかっていく馬車は、夕闇に溶けこんでいる。ディンゴは陰鬱な声でつぶやいた。

「おれは出ていくよ……。もう二度とここへは戻らない」

あんな馬車に乗って、世界中の町を旅するんだ、ディンゴはそう言った。彼の話に耳を傾けながら、ファン・メディナオはふたたび寂しげにほほえんだ。ファンにはよくわかっていたのだ。ディンゴがいずれ自分を捨てて遠くへ行ってしまうことが。ディンゴは不意にファンを指さした。

「ファン・メディナオ、お前も一緒に行くんだ！　二人して旅に出るんだよ。いいか、あいつらはここに残って、風でも相手に鞭を振り回してりゃいいんだ！」

ディンゴが立ち上がると、二人はゆっくり歩き出した。ファンの肩に腕を回したディンゴは、将来の計画について休みなくしゃべりつづけた。時おり立ちどまっては、内緒話でもするみたいに声をひそめた。

「これを見てくれ」ディンゴはポケットから一ドゥーロ銀貨を取り出した。「俺たちの貯金の記念すべき最初の一枚ってわけだ」

これから先、二人で力を合わせて、たくさんの硬貨を集めなければいけない。銀貨といえば、フアンの父親はいつもポケットに何枚か忍ばせていた。二人は固い握手を交わして別れた。その夜、フアンは、一人前の大人になったような気がした。

最初の一枚となる一ドゥーロ銀貨を道端のポプラの木の下に粛々と埋めた二人は、十分な額に達するまでそれをつづけるつもりだった。ディンゴは、貯めたお金で馬車と当座の食糧、それに化粧道具を一式買わなければいけないと言った。猫のペリコも、秘密の会合に与《あずか》っているといわんばかりに、おとなしく聞き耳をたてていた。フアンとディンゴの二人が額を寄せ合って話をしていると、弓なりに背を曲げ、虎のような唸り声を発した。二人は、仲間のペリコの芸で稼いだたくさんの小銭を、ほかならぬペリコの名において、ポプラの木の下に埋めた。

父親のフアンは、午後のひとときを昼寝に費やすのを日課としていた。コート掛けに吊るされた父の上着のポケットを探るにはうってつけの時間である。近づいてくる父の気配を察するのはたやすかった。松葉杖がモザイク文様の床を打つ音が鳴り響いたからである。日が暮れるのを待って、ディンゴとフアンの二人はこっそり待ち合わせた。彼らはおのおのポプラの木に向かって歩いているところを誰にも見られないように注意した。

ひと月ほどたったある日のこと、フアンは硬貨を盗むところを父親に見つかってしまった。松葉杖を手放したばかりの父親の足音に気づかなかったのである。はじめは父の怒りもさほどではなかった。息子を盗人《ぬすっと》とか臆病者呼ばわりするくらいであった。ところが、中庭で射撃の練習をしていたフアンが打ち損じると、父は怒りをあらわにした。盗んだ金を何に使ったのか問いただされたフアンが何も答えずに黙っていると、父の怒りは爆発した。息子の頬に平手打ちを喰らわすと、馬小屋まで無理やり引っぱっていった。

中庭の柱の陰に隠れたディンゴが、その様子をうかがっていた。フアンは、柱のすぐそばを通り過ぎるとき、ディンゴが哀願するような目を自分に向けていることに気がついた。〈絶対に話すもんか〉ファンは心のなかでつぶやいた。そして、本当に何も話さなかった。

父親は革紐で十回以上も息子を殴りつけた。ファンは歯を食いしばって痛みに耐えた。ディンゴが小屋の外でじっと聞き耳を立てていることはよくわかっていた。鞭打ちが終わって藁の上に倒れこんだファンを、痛ましくも反抗的な自尊心が、気付け薬のようにかろうじて支えていた。怒りを吐き出した父親は、横たわる息子を眺めながら、憐れみを覚えた。〈こいつはけっして強い人間なんかじゃない。ほんのちょっとしたことですぐに音をあげちまう〉息子のやせ細った黄色い背中は、瀕死の小鳥のようにわなわなと震えていた。革紐の痕がみるみる赤く染まっていく。〈そうか、そういうことか！〉父親はにわかに悟った。謎を謎のままに放置しておくことのできない彼は、息子の奇妙な振る舞いの原因をようやく突き止めたような気がした。〈こいつの死んだ祖父《じい》さんとそっくりだ。要するに欲の皮が突っ張ってるんだ。この俺に金をせびる勇気がないもんだから、こそこそ盗みなんか働いたんだろう。盗んだ金は天井の梁《はり》かどこかに隠しているにちがいない……。こいつのいまいましい祖父《じい》さんもそういう男だった〉父親は、息子に対する憐れみと侮蔑の入り混じった気持ちを抱きながら、そして、死んだ父親のことを考えるたびに湧いてくる陰《いん》にこもった恨みを抱きながら、小屋を後にした。

馬小屋の窓からディンゴが飛びこんできた。ファンの傍らに膝をつくと、濡れたハンカチを背中に広げてやった。

「慌てる必要はないさ。この村におさらばするまでの辛抱だ。そうすりゃ誰にもいじめられることはない。俺たちは海の見える町まで行く。マドリードにもな。犬を五匹手に入れて踊りを仕込むんだ」

こんなとき、ファンはいつも目を閉じたまま、ディンゴの語る逃亡計画にうっとり耳を傾けるのだった。それが所詮叶わぬ夢であることは薄々感じていた。しかし、ディンゴの語る夢に、ほら吹きディンゴが語る逃亡計画に、その果てしのない流浪の物語に耳を傾けることは、えもいわれぬ愉悦をもたらしてくれた。そんな夢物語の数々を口にするディンゴも、二人の最終的な落ち着き場所については言葉を濁すのだった。

それからというもの、父親のファンは、毎週僅かな額の小遣いを息子に与えるようになった。それらはすべて、ポプラの木の下の蓄えに加えられた。ファンは、銀貨を集めることに異常な熱意を注ぐようになった。夜になると、こっそり家を抜け出し、土の中の宝物を覆い隠す石をどけて中身を手にとり、月明かりの下でためつすがめつ眺めてみたいという誘惑に駆られることもあった。本当のことを言えば、ファンはディンゴほど逃亡計画に心を奪われているわけではなかった。彼が望んでいたのは、あくまでもディンゴとの友情であり、ディンゴが物語る荒唐無稽な夢を二人で分かち合うことだった。ディンゴがそばにいてくれるのであれば、それがどこであろうと構わなかった。大切なのは、ディンゴの仮面のすぐそばに身を置いていることを感じ、うっとりするような夢を見させてくれる物語、ほかのすべてを忘れさせてくれる物語をいつも身近に感じていることであった。

一年が過ぎたある夜、壮麗な馬車に乗って、旅芸人一座がやってきた。

時は八月、畑仕事がもっとも繁忙を極める時期である。丸い月が広場を照らしていた。くたくたに疲れて野良仕事から戻ってきた村人たちは、馬車が素通りするものとばかり思っていた。かつてアルタミラにやってきたなかでも、もっとも豪勢な馬車といってよかった。

ディンゴとフアンは、ポケットに両手を突っ込み、バラック小屋の壁に寄りかかっていた。二人の影が、月明かりを浴びた人気のない広場まで伸びている。彼らは、近づいてくる馬車の、またたく灯りに黄色く照らされた小窓に目をやった。

馬車はついに広場の真ん中まで来て停まった。それを見たディンゴは、とっさに腕を伸ばすと、扇のように指を大きく広げたまま宙に固定した。胸の鼓動の一つひとつがはっきり聞きとれるほど興奮していた。三頭立ての馬車は、まるで一軒の家のように大きかった。極彩色の扉が開かれると、中から数本の腕が伸びてきて梯子《はしご》を垂らした。蝋燭の灯りに照らされた車内は、お伽噺に登場するお城のようだった。やがてひとりの男が現れた。大柄で太り肉《じし》の男は、緑の上着を身にまとい、片手にトランペットを握っている。つづいて、犬を引き連れた子どもたちが次々と馬車から飛び降りた。少なくとも八人はいるだろう。彼らは一斉にとんぼ返りを披露すると、両腕を広げて歓迎の挨拶をした。おそらく襤褸《ぼろ》をまとっていたはずだが、さまざまな色の布切れが、トランペットの伴奏のように、体の動きに合わせて翻《ひるがえ》っていた。

ディンゴの視線は、泉水のようにあちこちをさまよった。そして、子どもたちの一団に近寄ると、音楽に合わせて軽やかに舞い踊る彼らの輪のなかに入り、口をぽかんと開けたまま太った男を眺めた。ディンゴの肩先に乗ったペリコも、主人に劣らず、その場の光景に魅了されているようだった。

一座は賑々《にぎにぎ》しく立ち働きはじめた。木の幹やバラック小屋の壁にビラが貼りだされると、ディンゴもファンも興奮のあまり、何が書いてあるのか確かめようとすらしなかった。

ディンゴは手負いの雄牛さながらに地面を転げ回った。豆だらけの素足が赤い土埃を巻き上げた。ペリコは、まるでサーカスの見世物のように、両手を広げたディンゴの背中を器用に滑り降りた。馬車の扉から漏れ出る光がディンゴの体をくっきり二色に染め分け、泥と血でできた珍妙な道化の姿に見せていた。ファンはその光景をけっして忘れないだろう。

「ついに来たんだよ、フアン・メディナオ。この村にな!」ディンゴは叫んだ。

それはほとんど奇跡といってよかった。まるで、ディンゴが口にする数々の驚異に満ちた物語の一つででもあるかのようだった。一座の子どもたちは、村人たちが住むバラック小屋の間を一列になって練り歩き、出し物の宣伝をはじめた。行列のしんがりを務めるのは、体が醜く歪んだ小さな男の子で、単調なリズムで太鼓を叩いていた。男の子が拍子をとりながら歌う行進曲は、かすかな余韻となって町角に消えていった。フアン・メディナオは、なにやら名状しがたい恐怖にとらえられ、屋敷へ通じる道を駆け出した。フアンの心はなぜ浮き立つことがないのだろう?漠然とした恐怖が冷たい汗のように身に沁みるのはなぜなのか? 両目が大きく離れたディンゴ、馬車の扉から漏れ出る光に体を真っ二つに分断されたディンゴは、悪魔に呪われた人形のようにフアンの目に映った。フアンは、教会の鐘の音を聴きながら初聖体を受けるために中央アルタミラへ出かける日が近づいているというのに父親の金を盗んでしまったことを、今さらながら思い出した。父親は家にいなかった。怪我が治るや、以前のように家を長らく留守にすることが多くなっていたのである。

フアン・メディナオは窓から顔を出した。月の光が北西墓地を黄金色に染め、曲芸師の掛け声や犬の吠え声が聞こえてくる。フアンはまるで死人のように、陽気なざわめきに身を貫かれながらそれに耳を傾けることなく、月の光が肌の表面を滑り落ちるのを感じることもないまま、靄《もや》のような不安に包まれていた。フアンを呼び出すために中庭までやってきたディンゴは、どこにでもいる子どものように、そして、昼下がりになるとよくやったように、しきりに口笛を吹いていた。

見世物は広場で行われた。観衆はもっぱら、疲労と眠気をかろうじて振り払うことのできた若者によって占められていた。燕の巣を取ったり、まだ熟していない果実をこっそりもいだりして遊ぶ子どもたちの姿も交じっていた。彼らは、曲芸師たちを取り囲むように、大きな輪になって地べたに腰を下ろした。

緑色の服を着た男によって据えつけられた四つの大きな松明が会場を照らしている。一座の主役を務めるのはもっぱら八人の子どもたちだった。馬車のなかで舞台衣装を身につけた彼らは、赤土の広場の真ん中に勢いよく飛び出し、人間の塔を築いたり、一斉に雨の音を真似たり、とんぼ返りを披露したりした。知恵遅れの男の子は、出し物が続くあいだ太鼓を打ち鳴らしていた。木霊《こだま》のように遠くから鳴り響く太鼓は、単調なリズムをいつまでも繰り返した。男の子は、耳も聞こえなければ口もきけないようだった。というのも、緑色の服を着た男が身ぶりで合図を送るまで太鼓の演奏をやめようとしなかったからである。帽子と胸飾りをつけたサーカス犬の隣で、大柄な男は、あまりにも小さいためについ笑ってしまうような黄色い鞭を手にしていた。とはいえ、緑色の服を着たその男、鬘《かつら》をかぶり、顔中に笑みをたたえたその男は、どことなく不吉な印象をファンに与えた。ペンキのはげ落ちた墓地の壁を思わせる男の歯並びも、ファンをぞっとさせた。男の肌は、漆喰を塗ったように真っ白だった。彼はけっして身をくねらせたりよじらせたりすることなく、顔に貼りついた笑顔の向こう側から乾いた声を発し、時おり鞭を唸らせるだけだった。何やら死の匂いが、朽ち果てた花の匂いが、一座の繰り広げる見世物から伝わってきた。小さな軽業師たちの履物は、アルタミラの赤茶けた土埃を巻き上げ、濛々《もうもう》たる噴煙となって月へ昇っていった。べっとりと湿った悲哀がじわじわとファンの体に染み入った。太った男の両目は、洞穴のように虚ろにみえた。その声も洞穴のなかから響いてくるようだった。男の所作は仰々しいまでに丁重を極め、場違いなまでに洗練された物腰が、見物に訪れたアルタミラの住人の野卑な笑いを誘った。男は、まるで万座の拍手を浴びたかのように、深々とお辞儀をして観客の哄笑に応えた。ファンは男の手に目をとめた。大きくて岩のようにごつごつした手だった。見るに堪えなくなったファンは、団員の子どもたちの小柄な体や腕、発達した筋肉が目を引く細い脚に目を移した。子どもたちの体は、八月の太陽に瞬時に焼かれ、踏みしめるたびに足の下でポキポキ鳴る枯れ枝を思い起こさせた。彼らはひとり残らず埃にまみれ、こわばった笑顔が貼りついた頬に汗の滴を光らせていた。目に入るものすべてが一瞬にして哀れみを誘う光景に変わった。飾り付けの一つひとつが、何とも安っぽく作り物めいた輝きを放っていた。小さな軽業師たちの色鮮やかな衣装は、いまや単なる襤褸《ぼろ》切れにしか見えず、その痩せこけた体は、飢えそのものを体現しているかのようだった。古い木製の馬車も見るからにみすぼらしく、ディンゴの手になるキイチゴの実で着色した小さなクルミの人形でさえ、それに比べれば美しい花々のような輝きを放つことだろう。壮麗な馬車とはとても呼べないような代物だった。それよりもむしろ、埃まみれの蛆虫《うじむし》やキクイムシがはびこる巨大な棺桶といったほうがふさわしかった。ファンは思わず身震いした。ディンゴのすぐ後ろに陣取った彼は、目の前の友の項《うなじ》が黒く染まり、夢見心地のまま微動だにしないのを見てとった。夢を追いかける無邪気な子どものディンゴを目にしたのは、そのときが最後だった。

ファンはそっと後ずさりし、広場を抜け出した。ディンゴの頭を炎のような光輪が覆っていた。

ファンは逃げるように家路を急いだ。坂道を駆け上がりながら幾度か後ろをふり返り、広場が次第に小さくなって、ついには玩具のように縮んでしまうのを見届けた。観衆のどよめきが遠のくにつれ、太鼓の音がますます激しくファンの耳の奥で鳴り響いた。

サカロ家の人々が住むバラック小屋の前でファンは足をとめた。あの日の明け方と同じように、今度もまたロサが顔を出した。

「さあ、とっとと行くんだよ」ロサは言った。「うちの子はいま麻疹《はしか》にかかってるんだ。もうじき聖体拝領だってのに、あんたにうつしちゃ大変だ。さっさと行きな!」

翌日、フアンは朝から晩まで家のなかで過ごした。そして、父親の金を盗んだことを神に告白し、許しを請うた。午後になると、ディンゴの口笛が聞こえてくるのを待ちわびた。夜は夜で、太鼓の音が鳴り響く不穏な夢にうなされた。

二日目の朝、胸騒ぎを覚えたフアンは、ポプラの木の下へ出かけた。根元の土が掘り返されている。その日は風がなく、はるか彼方へつづく人気のない殺伐とした道の上を砂埃が舞うこともなかった。ディンゴはペリコを連れて遠くへ行ってしまった。あらゆるものがフアンのもとを離れていったように、ディンゴもまた、彼を置き去りにして行ってしまったのだ。

7

私には弟がいました。それについてお話ししようと思います。と申しますのも、弟は私の人生、さらには、私の罪に決定的な影響を及ぼしたからです。弟を責めるつもりはありません。しかし、弟に初めて出会ったときから、私のなかに嫉妬と怒りの炎が激しく燃え上がったことは事実です。そして、弟への愛も。愛こそ、私が犯したもっとも重大な過ちだったのです。それはいまも私の上に重くのしかかり、どこへ行っても私から離れることはありません。

パブロ・サカロは立派な若者に成長した。ある日、まるで長い夢から覚めたかのように、パブロはフアンの前に姿を現した。

中庭に出たフアン・メディナオは、畑仕事から戻ってくる農夫たちを眺めていた。

そのとき不意に、パブロの姿が目に入った。藁《わら》を積んだ荷車に乗り、灼熱の太陽を全身に浴びたパブロが、突然目の前に現れたのである。農夫たちの帰りを見守っていたファン・メディナオの脳裏に、ここ数年の出来事が走馬灯のように駆けめぐった。麻疹《はしか》がうつらないようにとロサの手でパブロから引き離されたのも、父親のファンがマスチフ犬の子どもと引き換えに一ドゥーロ貨幣をパブロの手に握らせたのも、つい昨日のことのように思われる。

あのときの仔犬も、いまやすっかり年老いてファンの横に控えていた。そして、死なせてなるものかとばかりに仔犬の世話に異常な熱意を注いだ父親も、すでにあの世へと旅立ってしまった。こうしたことはすべて、繰り返し訪れる冬や、何度も口にされる言葉と同じなのだ。

「サロメの息子のパブロはいくつになるんだい？」その日の夜、ファンは農夫頭に訊ねた。

農夫頭は首筋を掻きながらしばらく考えていたが、ややあって答えた。「十八かそこらでしょう……」

一帯の畑は死んだように眠りこんでいる。フアン・メディナオは、子どものころよくやったように、シャツの胸をはだけ、裸足のまま月が浮かぶ野へ出た。そして、刈り取られた小麦の間を亡霊のようにさまよった。穀草が束になって積み上げられ、脱穀場へ運ばれるのを待っている。フアンは奇妙な渇きをおぼえながら大地を眺めた。ふと気がつくと森に出ていた。暗闇に包まれた森番小屋がある。ディンゴもペリコもとうの昔に姿を消し、もうこの世にいないのではないかと思われた。フアンがこれまで生きてきた二十三年もの歳月と同じように。父が死んでからというもの、自分はいったい何をしてきたのだろう？　フアンは足をとめ、しばし考えこんだ。作物の収穫は大幅に増え、蓄えも増えた。飲めや歌えやのどんちゃん騒ぎがアルタミラで行われることのないように気を配ってきたし、収穫を祝う宴が屋敷の中庭で催されることも絶えてなくなった。自ら農夫のような服を着て、質素な暮らしをつづけてきた。収穫祭の女王も、女王が身につける緑とピンクのあでやかな衣装も、目にすることはなくなった。土地の人々にとってフアンは、実体のない存在に等しかった。女の尻を追い回すこともなければ、酔っ払って正体を失うこともなかった。毎週日曜日になると、八キロの道のりも厭わず教会へ出かけ、ミサに出席した。フアンは、平凡で現世的などこにでもいる人間であると農夫たちに思われるのが何よりも嫌だった。そして、周囲の人間からできるだけ距離をおき、孤高を保とうと努めた。その姿は、自己の内面にひたすら沈潜しようとする修練士を思わせた。その夜、森の木々の仲間入りを果たしたかのようにひとりぽつねんと佇む弱冠二十三歳のフアンは、時間の謎を解き明かそうとしていた。父が卒中の発作で死んだのは、ちょうど今日のような夜だった。フアンは、故人への愛着を感じることなく、粛々と通夜に臨み、北西墓地への野辺送りに加わった。紫色になった父の亡骸は、赤黒い血の匂いを嗅ぎつけられることのないように、地中深くに埋められた。フアンもいつの日か、父親と同じように、夜の暗闇に包まれ、骨や木の根の間に埋められることになるのだろう。そして、時間のなかへ、流れ去る時間の謎へ移行することになるのだろう。声や記憶、神を渇仰する心、畏怖の念とともに。

熱を帯びた風が村に吹き寄せた。フアン・メディナオは、木々の間をさまよいながら、空《から》っ風に身をさらした。パブロ・サカロはもう十八歳だ。かつて仔犬の血しぶきを顔に浴びたこともあったというのに、燃えさかる炎のような藁《わら》に囲まれたパブロは、なんと清々《すがすが》しく、氷のように冷たかったことか。パブロは白いシャツを着ていた。袖丈が短く、クルミのしぼり汁でこすったような腕がボタンを外した袖口から伸びていた。

虫の知らせのような焦燥感に導かれ、フアンは歩きつづけた。森を抜け、立ち並ぶ木々が境界線をなしているところ、急峻な山の斜面の麓にたどり着いた彼は、その瞬間、塩の像のように凍りついた。月の光に照らされたパブロ・サカロが、一心不乱に立ち働いていたからである。すぐそばに泉があり、夜の静寂《しじま》のなか、土をえぐるスコップとせせらぎの音だけが聞こえる。パブロは、羊飼いの小屋によく見受けられる土と石を混ぜ合わせた壁を築いていた。

「そこで何をしている?」よく通る声でフアンは訊ねた。

パブロはふり向いた。片手で額の汗をぬぐっている。

「家を建てているんだ」

二人はそのときはじめて、一人前の男として向かい合った。

「誰の許可をもらった？　ここは私の土地だ」

「そんなはずはない。ここから先は森だ。あんたの土地じゃない」

パブロはスコップを放り出すと、泉へ歩み寄り、腰をかがめて水を飲んだ。彼は毎晩、日中の畑仕事を終えるとここへやってきて、自分の小屋を建てていたのだ。

「で、お前はいったい何の必要があって小屋なんか建てているんだ？　家ならもうあるじゃないか？　家賃だってしっかり納めているはずだ。アルタミラでもいちばん上等の家だぞ」

「おれはこの手で家を建てたいんだ。子どものころからの夢だ。男なら誰でも自分の手で家を建てるべきなんだ」

その言葉を聞いたフアンは、不条理な怒りにとらわれた。理由なき激しい怒りである。弟という存在、とりわけその声が、肌の奥の何かを切り裂くようだった。得体の知れない何かがフアンの胸のなかで、偶像のように砕け散った。そして、自らが所有する大地の土塊《つちくれ》をすべてかき集めてパブロにぶちまけてやりたい誘惑にかられた。パブロの口のなかに土砂を詰めこみ、何もしゃべれないようにしてやりたかった。ついには弟の死を、埃まみれの弟の死骸が朽ち果てていくことを望みさえした。自らが所有する森のなか、樫の根の間に横たわるパブロの死骸が、木々の枝に養分を与えているところを想像しながら。

ファンは急ぎ足でその場を後にした。何やら不吉な予感に襲われた彼は、蒸し暑い夜だというのに、寒気に身を震わせた。

それから何日間か、パブロ・サカロが畑仕事に出ている隙を見計らって、ファンは小屋の出来具合を見に出かけた。きわめて不揃いな外観の、いかにも急ごしらえの粗末な掘建《ほった》て小屋だったが、人間の手がじかに生み出したものだけが持ちうる生き生きとした力強さがみなぎっていた。ファンは、小屋に手を触れることができなかった。

二カ月後の日曜日の朝、ファンが中央アルタミラから戻ると、女中がやってきて告げた。

「ご主人さま、何か話があるとかでみなさんお集まりです」

ファンは、パブロに石を投げつけられた十三年前から、この時がやってくるのをひそかに待ち受けていたことに思い至った。

農夫たちを率いていたのは、ほかならぬ弟のパブロだった。学校へ満足に通ったことのない彼は、いわば無骨な田舎者にすぎない男である。それなのに、彼が口にする言葉はどれも簡潔かつ的確で、フアンも羨むほどの力強さを備えていた。相手がまだ何も言わないうちから、いかなる言葉が飛び出してくるのか、フアンにはおよそ察しがついていた。それにしても、あの冷静沈着な態度、泰然自若とした落ち着きは、いったいどこから出てくるのだろう？　目標に向かってまっすぐ進んでいくその足取りからも、パブロの意思の強さがうかがわれた。パブロは、自分が何を望んでいるのかを正確に把握し、目標に向かって一直線に突き進むことができた。フアンは子どものころから、パブロの姿を目にするたびに、まっすぐ伸びた稲穂や矢、堅牢な一本道などを思い浮かべたものである。たとえ誤った方向に進もうとも、パブロなら迷わず最後まで歩きつづけることだろう。この呪われた弟は、自分が死に向かって歩んでいることを、そして、死を前にしては自分の強さなどまったくの無力であることを、いまだ理解していないのだろうか？　フアンの心の奥底を、激しい怒りが溶岩のように流れ落ちていた。パブロ・サカロは、確固たる信念に支えられた一本気な若者に成長した。そのためには学校も、神も、愛も、知識も必要としなかったのだ。そしていま、避けがたい弾丸のように、敵の心臓と頭を撃ち抜かんばかりの勢いで、フアン・メディナオに詰め寄っている。

中庭の黄金色の敷石を踏みしめるパブロ・サカロの背後には、おどおどした表情の三人の農夫頭が、どんよりした霧のように控えていた。

「フアン・メディナオさん、われわれの賃金を上げてほしい」

フアン・メディナオは不意に視線を落とした。弟は素足で立っていたが、その赤銅色の肌は、黄金色の塵の上で際立っていた。

「リーダーは誰だ?」フアン・メディナオは訊ねた。

「われわれ全員だ」パブロが答えた。

三人の農夫頭は、ますます消え入りそうになって縮こまっている。フアンは、震えを帯びた乱暴な口調で言った。

「もう帰ってよろしい。サカロ、お前はここに残れ」

「いやだ」

農夫たちは樹木のように押し黙ったままその場を動かない。

「よかろう」ファンは怒りを抑えながら言った。「理由を聞かせてもらおう。いったいなぜ賃金を上げろなどと要求する？　お前たちはみな何不自由なく暮らしているじゃないか。私だってそのためにいろいろと気を配っているつもりだ」

「俺たちはこの界隈でいちばん稼ぎの少ない日雇い農夫だ」

「ふざけるのもいいかげんにしろ！　馬鹿も休み休み言うことだ！　いったい何が不足だというんだ？　このうえ何のために余分な金が欲しいんだ？　町で働いているやつらの誰もがお前たちを羨むにちがいないというのに、そんなことも忘れて御託《ごたく》を並べるつもりか？　これまでにひもじい思いをしたことがあったか？」

「それはない」

「それじゃいったい何がお望みなんだ？」

パブロは薄ら笑いを浮かべた。成長したパブロが笑みを浮かべるのを見るのはそのときが初めてだった。子どものころと変わらず、狼の牙を思わせる鋭い歯がナイフのようにきらりと光った。

「自分の土地さ。それさえあれば、たとえ飢え死にしたって、すべては自分の責任だ」

フアン・メディナオは、両手をきつく結び合わせた。手のひらが汗で湿っている。そして、低く穏やかな、くぐもった声で言った。

「低地アルタミラの土地はすべて私のものだ。それを耕したくないものはここから出ていってくれ」

「フアン・メディナオさん、あんたの土地を耕すものなんて誰もいないよ。あんたが考えを改めないかぎりはね」パブロが応じた。

農夫たちはそろそろと退散した。うつむいた三人の農夫頭は、中庭を出るときに柵につまづいた。パブロだけが落ち着き払って、未開人のように素足のまま、柔らかくしっかりと大地を踏みしめて歩いていく。

〈いずれやつも折れるだろう〉拳を握りしめながらフアンは考えた。〈私にむかってあんなことを口にするのは自分が最初だとでも思っているにちがいない。そうやって、おのれの過ちを抱え込んだまま墓場の底まで一直線に突き進むつもりだろう。これまでにもそういう人間はたくさんいたし、これからだってそうだろう。それにひきかえこの私は、平穏な人生を送ることになるのだ。平和と安らぎに満ちた人生だ。やつらがいなくても十分にやっていけるだけのものがこの私にはある。畑の小麦は静かに朽ち果てていくだけだ〉

こうしてパブロ・サカロは、ストライキなどという言葉を一度も耳にしたことがなかったにもかかわらず、生まれて初めてのストライキを兄に対して敢行したのである。

灼熱の太陽が牧草や小麦をじりじりと焦がした。一歩も後へ引かない決意を胸に秘めた農夫たちだったが、時とともに飢えが低地アルタミラに広がっていった。

ファン・メディナオは自分の財産を検《あらた》めた。そして、残りの人生を家のなかで過ごしていくための蓄え、むき出しの壁や荒れ果てた畑に囲まれた生活をつづけていくための蓄えが十分にあることを確かめた。これからしばらくは、樫の木の間をさまよい歩きながら、待つ生活がつづくだろう。木の実が朽ちて落下し、荒涼とした大地にふたたび芽を出すことになるだろう。夏の終わりが近づいていた。

フアン・メディナオは、領地の外にあるみすぼらしい果樹園で懸命に働く女や子どもたちの姿をしばしば見かけるようになった。村の男たちは、仕事を求めて中央アルタミラや高地アルタミラへ出ていった。フアン一族の屋敷は、孤独と静寂の余韻に包まれていた。中庭の敷石の継ぎ目にこびりついた藁が黄金色の光を放つこともなく、まるで冬が突然やってきたかのようだった。人の気配といえば、黒い服を着た女中が時おりフアンの部屋の窓の外を通り過ぎたり、閑散とした中庭を横切るくらいだった。夕暮れ時になると、暗赤色の正面《ファサード》が陰鬱な空気に包まれた。フアン・メディナオは、心のなかの平穏が粉々に砕け散ってしまったことに気づき、それが朽ち果てた虫食いだらけの、見せかけの平穏にすぎなかったことに思い至った。いまや屋敷と領地を包みこむ静寂があるだけだった。フアンの胸中は、あまたの苦悩の叫びに満たされていた。かたやパブロ・サカロは、激情に心をかき乱されることもなく、平静を保っていた。

種蒔きの季節が近づいていた。フアン・メディナオは、壁という壁に映し出される自らの影に悩まされ、ついに森へ逃げ出した。この上なく薄汚れてよれよれになった服を身につけ、伸び放題の髪が束になって耳の後ろに垂れ下がっている。塩もかけずに口のなかへ食べ物を押しこみながら、死にいたる自らの生が、存在に確かな価値を与えることのできる弟の強さによって見守られ、見透かされ、脅かされていることを知った。抑えがたい奇妙な欲望がフアンを弟のほうへと押しやった。

ある昼下がり、フアンは憂鬱な気分から逃れようと、葡萄畑へ下りていった。もう何年も前、フアンがまだ幼い時分、森を越えた谷底に、父の手によって切り拓かれた畑である。フアンは心の底から、弟の揺るぎのない強さを、たとえ誤った方向へ進もうとけっして脇道へそれることのないその強さを欲した。そして、通りの角や木々の幹に守られながら堂々と頭をもたげて歩いていくその姿を見たいと思った。荒々しい憎しみを込めて、弟の堅固な信念を、純真さを、自由を奪い去ってやりたかった。その断固たる確信を、確かな足取りを支えるその無知蒙昧をすべて吸い取ってしまいたかった。

谷底の畑は、いまや葡萄蔓の墓場と化している。赤く色づいたゼラチン質の湿った落葉がフアンの足を滑らせた。けっして実を結んだことのない葡萄畑の作物を冷気が蝕んでいた。

フアンは、火にくべるための葡萄蔓をせっせと拾い集めている一組の男女の姿に気がついた。アグスティン・サカロとサロメである。フアンの姿を認めるや、二人は棒で叩かれた犬のように、怯えた表情を浮かべた。

フアン・メディナオは二人に近づいた。その髪は、風に吹かれて舞い上がっている。

「サロメ」フアンは呼びかけた。「お前の息子はまったくどうしようもないやつだな」

女はうつむいた。

「お前たちは私の下で平和に暮らしていた。それなのに、お前の息子がみんなの生活を台無しにしようとしている」

フアンは、胸の動悸が高まるのを感じた。サロメが息子によく似ていたからである。息子と同じように、短い鼻と浅黒い唇をしていた。眉毛にかかる黒い巻き毛もそっくりである。彼女は両手を小刻みに震わせながら視線をそらした。

「ご主人さま、あたしにはどうすることもできません」サロメが口を開いた。「息子はあたしたちの誰にも、この村の誰にも似ていません。後悔する前にきっと悪魔にさらわれちまうにちがいありません」

「そうだといいがな。悪魔に焼かれてしまえばいいんだ」ファン・メディナオは唸るように言った。その顔は土気色に染まっている。

〈彼は誰にも似ていない。誰にも。まるで天使のようだ〉耳元でそう囁く声が聞こえるようだった。

「アグスティン」ファンはつづけた。「村のみんなに伝えるんだ。十月一日まで待とう、そのときまでに戻らなければ、私の土地は干上がってしまう。そう言うんだ。それから、私はなにもお前たちを必要としているわけじゃない、お前たちのほうこそ私を必要としているんだとな」

そう言うと踵を返し、立ち去った。

農夫たちは畑に戻ってきた。中庭に出たファン・メディナオは、農夫たちを前に、彼らを恨んではいないこと、こうしてふたたび仕事に戻ってきてくれたことを大変喜んでいること、といった話をした。アグスティンとロサの間に挟まれたサロメの姿はすぐにわかった。中庭に集まった農夫たちは一様に口を閉ざし、鉛のような沈黙があたりに重苦しく立ちこめていた。やがて、鋤や頸木《くびき》を手にした農夫たちは、打ち捨てられた畑へと戻っていった。

ファンは、農夫たちの間にパブロの姿を探した。飢えた野犬のように、畑の畝まで見てまわった。ついには自ら鋤を手にとり、土を耕しはじめた。視界の前方に、森のほうへ沈んでいく黒い鳥の群れが見えた。隣ではサロメが畑を耕している。持ち慣れない鋤はずしりと重く、ファン・メディナオの両手はたちまち傷だらけになった。種と一緒に、ファンの心も地表に落ちていくようだった。やがて日が暮れた。鋤き返された土が赤々と横たわり、鋼《はがね》のような空と厳しく渡り合っている。地表から黒々と湧き出た堅い樹木は、どことなく弟の姿を彷彿とさせ、ファンの心をかき乱した。

ついにこらえきれなくなった。農夫たちに交じって一日を過ごしたのち、ファンはサロメに近づいた。彼女は顔をあげてファンを見た。どうしてこの女がパブロに似ているなどと思ったのだろう？　この女の瞳には、黒ずんだ葡萄のような、赤く透き通った色はまるで見られなかった。牛の目を思わせる潤んだ瞳は、愚鈍そうな光を放っている。

「いったいどこにいるんだ？」

「誰がです？」

相手がパブロの母親だと思えばこそ、わざわざそう訊ねてみたのである。ファンは平手打ちを食らわせたい衝動にかられた。

「お前の息子の居場所を訊いてるんだ」

「あたしたちが畑に戻ったことをあの子はけっして許してはくれないでしょう」

土まみれの両手を腰にあてがい、首をかしげたまま近くの石に腰を下ろしたサロメは、疲れきった表情でそう答えた。抑えても抑えきれない息子への情愛が喉の奥に絡みついているようだった。サロメは深くため息をついた。

「それで、お前の息子はいったいどこにいるんだ？」厳しく問いただされ、女はファンの顔をじっと見つめた。

「ご主人さま、あの子はまだ子どもなんです。どうか腹を立てないでやってください」

〈お前に何がわかるというんだ、この薄のろ女め〉ファンは心のなかでつぶやいた。そして、サロメに背を向けると、何かにとりつかれたように森の奥へ進んでいった。日没を前に、青みがかった霧がうっすら立ちこめている。落葉が、まるで四方に散らばった灯火のように見えた。ファンは、パブロが通り過ぎるのを見なかったか森番に訊ねた。

「見ましたぜ。崖の上に建てた小屋のほうへ行ったみたいです」

あるいはそうかもしれないと思っていたファンは、汗をかき、息を切らして小屋へ向かった。

「サカロ！」

小屋の入口にサカロの姿があった。焚火の炎をじっと見つめている。名前を呼ばれて後ろを振り返った。

「もういいかげんに戻ってこい。これまでのことは許してやる」

「許すって、いったい何の話だ?」パブロは訊ねた。

「畑に戻って、前のように働いてくれてもかまわないと言ってるんだ。みんなお前が仕組んだことくらいとうにお見通しだ。だがお前を恨むつもりはない。また私の畑で働いてくれ」

パブロは笑みを浮かべた。それは、十三年前にファンに石を投げつけたとき脱穀場で見せたのと同じ笑みだった。

「あきれたもんだ」熱を帯びた口調でファンは言った。「まるで聞き分けのない子どもだな。とにかくみんなのところへ戻るんだ」

パブロは返事をするかわりに、ファンに背を向けて焚火に目を凝らした。ファンは、真っ赤な光輪を頂いた弟の頭と両肩を食い入るように見つめた。

「さあ、早く戻るんだ。子どもみたいな態度はよせ」ファンは促した。「お前の母さんもアグスティンも、みんな仕事に戻ったんだぞ」

立ち上がったパブロは、ファンを真正面から見据えた。ファン・メディナオは思わず後ずさりしそうになった。堂々たる体躯《たいく》の弟は、若々しい肉体にみなぎる力を誇示するように兄を圧倒した。焚火の炎が、葡萄酒のような目の色をいっそう際立たせている。フアンは口が渇くのを感じた。パブロに飛びかかってその首根っこにかじりつき、じわじわと歯を沈めて激しい苦痛を味わわせ、朗々と響くあの声を吸い取ってしまいたかった。

「フアン・メディナオ、あんたの畑に戻るつもりはない。あんたのところに戻ったやつらと一緒に働きたくないんだ」

「なぜ彼らを憎む？　人を許すことがいかに美しい行為か、お前にはまだわかっていないようだな」

「べつに憎んでいるわけじゃない。ただ、あいつらと一緒に暮らしていくことはできないということだ。川底に潜ったまま生きていくことができないようにね。この村で俺にできることなんて、もう何も残っちゃいない。早いところ村を出ていくつもりだ。フアン・メディナオ、俺のことはほっといてくれ。あんたのことは恨んでなんかいないし、誰を憎んでいるわけでもない。あんたたちのように人を愛したり恨んだりすることが、この俺にはどうしてもできないんだ。俺にはすべてがもっと単純で簡単なことなんだ」

ファンは歯を食いしばった。周囲の景色が赤く染まって見える。パブロの両目が自分の目のなかに入りこみ、くるくる回転し、その勢いに押されて眩暈《めまい》がするようだった。その場でパブロを殺してしまいたい衝動にかられた。木をなぎ倒すようにパブロを斧で殴りつけ、へとへとになるまで足蹴にしてやりたかった。

「くそったれ!」ファンは絞り出すような声で毒づいた。しかし、今度もやはりパブロは動じなかった。押し黙ったまま、火に薪をくべている。パブロの耳には、いかなる侮蔑の言葉も、ほかの言葉と同じような意味しかもたなかったのである。

「世間知らずの田舎者のくせに、いったいどこへ行こうってんだ? 村を出て何をするつもりだ? お前は死ぬまで土を耕すために生まれてきた男じゃないか。自分がいったい何者で、何を欲しているのか、ちゃんとわかっているのか?」

「よくわかっているさ」パブロは落ち着き払って答えた。「俺もあんたがどういう人間かよくわかっているつもりだ」

フアン・メディナオはくぐもった笑い声を洩らした。

「ぜひ聞かせてもらいたいな」

パブロは小枝を折って火にくべている。

「俺はもう一人前の男だ。それ以上でもそれ以下でもない」パブロは話しはじめた。「俺は生きるための時間が欲しいんだ。ほかのやつらもそれを手にするべきだ。俺は土を耕すためにこの世に生まれてきたわけじゃない。俺が本当にやりたかったのは、この手で家を建てることさ。小さいころからの夢だった。学校には行けなかったから、将来は左官になるつもりだ。それが俺の望みだ。この世界のすべてを見てみたいし、ほかの人間がどういうことをやって何を考えているのか、そいつをぜひ知りたいと思う。あんたたちの言う父や兄弟がいったい何を意味するのか、俺にはよくわからない。それでも、俺はあらゆる人間を尊敬しているし、同じように愛してもいる。いろんな場所へ行ってみたいし、食べたいときに食べ、眠りたいときに眠りたい。気に入った場所があればそこに家を建てたいし、好きな女がいればそいつと一緒に暮らしてみたい。いつの日か自分の息子がそういったことすべてを手に入れられるとわかったら、俺だってやっぱり息子が欲しくなるだろう」

「お前もいつかは死ぬんだ！　ばかなやつだな。わからないのか？　時がすべてを呑みこんでしまうんだぞ。人間はみな死の修練者にすぎないんだ。お前だっていつかは土のなかで朽ち果てていく。それなのに、お前の家だの、お前の息子だの、そんなものがいったい何の役に立つというんだ？」

「俺には死なんてない。現にこうやって生きているかぎり、死はどこにもないんだ」

「何もわかっちゃいないな！　なんておめでたいやつなんだ。いままで生きてきて自分がいったいどこにたどり着いたのか、これから先どこへ行き着くことになるのか、それを少しでも考えてみればわかるだろう。絶えることのない火のなかを、神を内に抱えて生きていくことがはたしてどういうことなのか、お前にはまったくわかっちゃいないんだ。神について少しは考えたらどうなんだ」

「神が何者か、俺にはそんなことはわからない。俺の前にも俺の後にも、何もありゃしないんだ。死なんてどこにもないんだよ。俺は現にこの世に生きている。こうやって生きていくことに満足している。ほかのやつらも俺と同じような幸せを感じることができればと思うよ」

「お前に幸福の何がわかる？　私にはそれがどんなものかわかっている。赤々と燃えるこの森のように命の炎を燃やすことがいったい何を意味するのか、恐れや愛、苦しみがどういうものか、ちゃんとわかっている」

パブロはフアンの顔をまじまじと見た。そして、叫ぶように言い放った。

「あんたがどんな人間か俺にはお見通しだと言ったが、それをいま聞かせてやろう。俺はあんたが年上の人間として成長していくのを、俺たちの前であんたがどんなふうに振る舞うのかを、これまでずっと見てきた。十五歳のときあんたは、ある女の子を好きになった。ところがあんたは、彼女を振り向かせようとするかわりに、こそこそ遠くへ逃げて、せんずり掻いてたんだ。人に殴られたり罵られたりしても、あんたは自分の身を守ろうとするかわりに、めそめそ泣きながらただ祈るばかりだった。あんたっていう人は、誰かを憎んでも、殺す勇気がないもんだから、そいつに許しを与えて満足するしかないんだ。あんたには金があるし、蓄えもある。

俺はあんたを、あんたが俺を憎んでいるようには憎むことができない。ただひとつはっきりしているのは、俺があんたという人間を毛嫌いしてるってことだ。あんたが性根の腐った人間だからだ。あんたは毎日何もしないで暮らしているし、目標に向かって努力することも、何かに打ち込むこともない。家を建てることすらできないんだ。あんたの言うように、あの世がもし本当にあったとして、あんたはそれが、ただ待ち望んでいるだけで、辛抱強くいつまでも待ちつづけるだけで簡単に手に入るとでも思っているのかい？　おあいにくさまだね、フアン・メディナオ。あんたは所詮、何者でもない役立たずの人間なんだ」

フアン・メディナオは木立のほうへ退いた。なんていまいましいやつなんだ。パブロは、心の奥底に隠されているものをすべて暴き出し、名づけようのないものを的確に言い表すすべを心得ていた。そして、どこまでも落ち着き払って、純真で思いやりに満ちていた。現世を超えたあちら側の世界とは無縁の、その確固たる信念は、身を焦がすフアンの暗い信心とはかけ離れた、羨むべきものだった。

「おれはお前の兄なんだぞ、パブロ」

その声は、古くから奥地を流れる小川のように、くぐもった響きを帯びていた。

「ほかのやつらと変わらんさ」パブロが応じた。そして、小屋のなかへ姿を消した。

フアンは、心のなかの愛をはっきりと意識した。癌細胞のようなその愛は、パブロにはけっして理解することも感じることもできないものだろう。あらゆる事物、あらゆる人間を超越したその愛は、神の鞭ともいうべきものだった。フアンは逃げるようにその場を後にした。そうでもしなければ、犬のように小屋まで這っていき、頼むから行かないでくれ、私のそばを離れないでくれと懇願するかもしれなかった。私を置き去りにするような真似だけはしないでくれと。フアンは、パブロを意のままに従わせることができたらと思わずにいられなかった。

家に帰り着いたフアンは、いまやパブロが自らの血肉の一部と化していることを疑わなかった。彼はいわばパブロの鋳型であり、虚ろな中身を満たしてくれる弟をぜひとも必要としていたのだ。

中庭には、十三年前に父親のフアンがパブロから買い取ったマスチフ犬がいた。

フアン・メディナオは、馬小屋へ入って縄を探した。そして、犬の首に縄を結びつけると、埃っぽい地面に両足をふんばり、ぴんと張ったもう一方の端を強く引っぱりながら、哀れなまでに無防備な犬の首に縄の結び目が深く食いこんでいく様子を眺めた。どろりとした涎が犬の口から滴り落ちた。もはや唸り声を洩らすこともできず、ようやく一声吠えたかと思うと、垂れ下がった口角と舌を伝って、赤く染まった血の泡が流れ落ちた。

犬が動かなくなると、フアンは縄をはずし、どこか遠くへ埋めるよう命じた。

その翌日、パブロ・サカロは中央アルタミラへ向かった。町へ出るためのお金を稼ぐために彼がそこで日雇い労働者として働きはじめたことをフアンは知った。

フアン・メディナオは、サカロ家の人々が住むバラック小屋へ下りていった。

「ぜひ知っておいてもらいたいのだが、パブロは私の弟だ。パブロを私の家に引きとって、財産を二人で分け合いたいと思う。サロメ、あんたの息子を呼び戻す方法を教えてくれないか。パブロのことなら、母親のあんたのほうが私よりもよく知ってるだろう。パブロを私のところへ連れ戻し、私の申し出を受け入れるように説得することもできるはずだ」

ファンはいま、もう何年も前にロサが膝の血を洗い流してくれたあの台所に腰を下ろしていた。サロメは、感謝の念をたたえた犬のような眼差しをファンに向けている。ファンの突然の申し出に呆気にとられ、言葉も出ないようだった。そして、不意に涙をこぼした。

「ご主人さま、あんたは本当にいいお方だ。あんたのお父上よりも、あたしの息子よりもずっといいお方だ」

「パブロは私の弟だ」ファンはもう一度繰り返した。まるで、胸中に秘めていた思いが、赤々と燃える花となって両唇の間から迸《ほとばし》り出たかのようだった。「私の弟なんだ」

ファンは矢継ぎ早に質問を浴びせかけ、サロメを辟易させた。パブロがけっして自らの意思に背くような男ではないことを十分に心得ていたファンは、先の申し出を本人に直接ぶつけることは避けたいと考えていた。ひょっとすると何かがパブロの心を惹きつけるかもしれない。さもなければ、もう二度と姿を現すことはないだろう。

　ファンは毎晩、期待に胸を膨らませながら、サカロ家のバラック小屋まで下りていった。サカロ家の人々は、ファンがにわかにパブロに関心を示しはじめたことに戸惑いながら、暖炉のそばの上等の座に彼を案内した。アグスティンは押し黙ったまま、恨みのこもった眼差しをファンに向けていた。ロサは、かつてファンの膝の血を洗い流したあと「あっちへ行きなさい」と言ったときのような、無関心な表情を浮かべている。日に焼けた褐色の肌は、いたるところに深い皺が刻まれていた。ほかの人の話をただじっと聞いているばかりで、自分から口を開こうとはしなかった。ところが、ある夜、ファンへの感謝の念がちりばめられたサロメの支離滅裂なおしゃべりをはるかに凌ぐだけのことを、言葉少なに語ってみせたことがあった。

「パブロは子どものころからずっとコルボ家の娘に気があったんです。パブロのことならこの私だってよく知ってますよ。ええ、あの娘を置き去りにしたまま遠くへ行ってしまうなんてことは絶対にありませんよ。あの娘もパブロを愛してるんです。そんな娘を捨てていくなんて、パブロにできるはずがありません。そういえば、中央アルタミラへ行く道をあの娘が歩いているのを見かけることがあります。パブロもあの娘に会うために同じことをしているのかもしれないわね」

コルボ家の人々というのは、フアン一族の土地を耕すことなく羊を飼って暮らしていたあの年老いた男の子どもたちであった。フアン・メディナオの下で働いているものは一人もおらず、低地アルタミラで独立した生活を営む数少ない家族のひとつだった。フアン・メディナオはいきなり立ち上がると、小屋を飛び出した。

自分の母親やかつての仕事仲間がふたたびフアン・メディナオの下で働くようになると、パブロは誰とも口をきかなくなり、ある日突然、母親のサロメにも告げずに村を飛び出した。フアンはなんとかしてパブロを呼び戻す方法を見つけ出そうとしたが、それはけっして容易なことではなかった。ようやくパブロに出会えたのも束の間、するりと指のあいだからすり抜けるようにして遠くへ行ってしまったのである。きっと連れて帰ってみせる！　何が何でも捕まえて、暗赤色の屋敷に閉じこめ、その冷え冷えとした純真さを吸い取ってやらねばならない。毒に汚された水を探し当てることしかできない人間の渇きをもって、屋敷の壁と壁の間にパブロの生命《いのち》を封じ込めねばならない。彼らはまさに一心同体といってよかった。二人でひとりの人間を形づくっていたのであり、別離は耐えがたいほどに苦しく、魂が肉体を離れるときのような恐ろしい痛みを伴った。是が非でもパブロをこちらの意に従わせなければいけない。彼を連れ戻し、けっして逃さないようにしなければならない。いずれにせよ、このままで済ますわけにはいかなかった。もうこれ以上、断ち切られた不完全な状態に置かれることには耐えられなかった。

ちょうどそのころ、中央アルタミラでは祭りが行われていた。ある昼下がり、フアン・メディナオは、低地アルタミラに住むひとりの少女が大通りを歩いていくのを目にした。ブロンドの髪の、緑色の服を着た痩せた少女である。彼女はきっと、あのコルボ老人の孫娘であり、パブロ・サカロに会うために坂道を登って祭りへ出かけるところにちがいない、フアンはそう考えた。

道端の木陰に身を隠しながら、フアンは少女の顔を見極めようと後を追った。この娘がパブロをとりこにしていたのだ。パブロの体の感触を、その塩気を帯びた歯を、その濡れたうぶ毛を、この娘はよく知っているにちがいない。少女の肌には、パブロ・サカロの匂いが依然として残っているはずだ。二人はすでに共通の思い出を分かち合い、同じように人生を愛していることだろう。大地への愛着と、さまざまな事物にじかに手を触れる悦びを、少女はパブロから教えられたにちがいない。彼女にとってもまた、神も死も存在しないにちがいない。二人は、ファンの理解をはるかに超えたところで、眩暈の感覚に悩まされることなく、若々しく清純な生を営んでいるのだ。

ファンは、少女を呼びとめてパブロの居場所を聞き出したいという誘惑に駆られたが、ぐっと歯を食いしばり、舌を抑えつけた。そして、北西墓地へ足を向けた。その一帯には、周囲よりもなおいっそう青々とした草が生い茂っている。入り口の鉄格子から中をのぞくと、崩れ落ちた十字架の間を、一匹の犬が鼻をくんくんさせながら歩き回っていた。石を投げつけると、犬は何かを口にくわえたまま走り去った。ファンは両親が眠る墓を探した。〈俺がこの世に生きているかぎり、死はどこにもない〉パブロはそう断言した。〈俺がこの世に生きているかぎり……〉肉体がいずれ灰となって消え失せてしまうことを無視することなどできようか。パブロはなぜ、不在というものを理解することができないのだろう。闇のなか、数知れぬ不在が、消えた光のようにわれわれの周囲を漂っているというのに。

空はいつの間にか暗くなっている。容赦なく吹き寄せる一陣の風が、黴《かび》くさい臭いを、じめじめした溝の臭いをファンの鼻先に運んできた。踵を返したファンは、丘を下り、家路を急いだ。そして、厩舎へ行き、馬を眺めた。仔馬の群れがいっせいに山を駆け下りてくる日も近い。黒毛や赤毛、白毛の仔馬たちが二十頭ほどの群れをなし、土煙を巻き上げながら山の斜面を一気に駆け下りてくるのだ。ファンは思わず身震いした。馬丁を呼び、馬に鞍をつけるように言った。

中央アルタミラに向けて馬を走らせるころにはすっかり日が傾いていた。前方に村が見えてくるころには空も暗くなっていた。静まり返った道を疾駆する馬の蹄の音だけが、あの旅芸人の太鼓のように響きわたった。暗闇のなか、馬の蹄が青く染まっているように見える。疾走する馬にまたがったファンは、吹き寄せる風に顔をさらしていた。

山並みに抱かれるように中央アルタミラの村がある。不思議な輝きが夜の闇に浮かび上がっていた。祭りが行われている広場の灯りだろう。不意に鐘が鳴り響いた。鐘の音。それを耳にするや、フアンの全身を熱い戦慄が走った。緩慢なリズムを刻む重厚な鐘の響きが、馬の蹄の音と混ざり合い、奇妙な二重奏をかなでている。空気はひんやりと冷たかったが、フアンはじっとり汗ばんでいた。晩課を告げる教会の鐘の音。それは祝祭の鐘ではなく、天の高みから響きわたる聖なる鐘の音だ。フアンの胸は疼《うず》いた。

暗闇に包まれたアルタミラの村には、家々が所狭しと並んでいる。星もなければ月もない夜だった。中央アルタミラの狭く急勾配な道を行く馬の蹄鉄が、敷石をこするたびに緑色の火花を散らした。フアンは近くの柱に馬をつなぎとめると、広場へつづく薄暗い道を下っていった。曲がり角の前で立ちどまると、両側に建物の壁が間近に迫った幅の狭い通りの向こうに、飴や紙帽子を売る小さな屋台が広場の灯りに照らされているのがかろうじて見えた。強風が物音を遠くへ運び去ってしまうためか、フアンの耳には何も聞こえない。彼はしばし無言劇を眺めているような錯覚に陥った。たくさんのきらびやかな紙片が露店の屋根の縁から垂れ下がり、風になびいている。子どもがひとり、こちらに背を向けたまま露店の主人に小銭を渡している。真っ赤な紙帽子が風に吹かれて地面を這っている。ファンは一瞬、両目から入りこんだ風が、体内の色テープや紙飾りをはためかせているような、あるいは、自身の誕生を祝う色褪せた謝肉祭を丸ごと胸のなかで揺り動かしているような、そんな感覚にとらえられた。通りを抜けて広場へ出た彼は、思わず足をとめた。鳴り響く音楽がいきなり襲いかかってきたからである。まるで、路地の角を曲がったファンが広場に足を踏み入れたというよりも、巨大な廻り舞台と化した広場が突然ファンの目の前に現れたといった感じだった。底の深い方形の広場は、低地アルタミラのそれに比べて少なくとも三倍の大きさはあった。そこへ出るには石段を下りなければならなかった。広場に集まった人々は、鳴り響く音楽のなかで互いに抱き合い、さまざまな色の帽子が入り乱れ、押し合いへし合いしていた。緑や紫の紙の小旗が無数に掲げられ、風にはためいている。広場を埋めつくす群衆の頭上には黄色い土埃が舞い上がり、そこには何かしら野卑で浅ましく、忌まわしいとさえ言えそうな空気が漂っていた。格子縞の服を着た演奏家たちは、なかば酒に酔っていた。

広場の隅の飴売りの屋台だけが、喧騒から離れてぽつんと立っていたが、その様子は、死んだ子どもの曖昧な吐息を思わせた。

村の居酒屋のアーチ型の扉は、まるで竈《かまど》の口のようだった。フアン・メディナオは店へ入った。店内のあらゆるものが赤く染まっている。葡萄酒を囲んで陽気に歌い騒ぐ男たちの顔は、どれもみな真っ赤に火照《ほて》っている。フアンは、給仕女の腕と歯に目をとめた。女の指の間から酒が勢いよくこぼれ落ちている。店内へ足を踏み入れるや、むっとするような熱気がフアンの肌にまとわりついた。たばこの煙と人いきれで空気が淀んでいる。フアンは葡萄酒を口にしてみたが、舌がひりひりと焼けつくようだった。腕で口もとを拭うと、火傷の痕が腕に広がってしまったかと思われた。店内のすべてが、緑色の板切れさえもが、真っ赤に燃えているようだった。

店の片隅にあの二人がいた。フアンはとっさに壁際に身を寄せると、色褪せたヤマモモの図柄が描かれたカーテンの陰に隠れた。二人は、テーブル代わりの酒樽の前に腰を下ろし、一つのジョッキから代わる代わる酒を飲んでいた。パブロ・サカロの髪は、大きな黒い輪を描き、目の上に垂れている。少女の首には緑色のガラス玉のネックレスが巻かれ、店内の光を反射してきらきら輝いていた。二人は人込みを避けるようにぴったりと身を寄せ合っている。フアン・メディナオは勘定を済ませると、外へ出た。

フアンは店の外から様子をうかがった。まもなく二人の男女が姿を現し、にぎやかな祭りの喧騒をよそに、村はずれに向かって歩き出した。緑と赤の毛並みをした大型犬のように、家並みの向こうに悠々と身を横たえた野原は、春やスイカズラの思い出に浸りながら、二人をやさしく迎えることだろう。時は十月、大地は湿り気を帯び、落葉は朽ちていたが、彼らが赴くところ燦々《さんさん》たる陽光が降り注ぐようだった。色鮮やかな紙飾りも、広場に鳴り響くかまびすしい音楽も、彼らには無用の長物だった。二人はどこへ行こうと、これまでの短くも濃密な人生を寿《ことほ》ぎ、過去の思い出や未来の予感に悩まされることなく、星のような一瞬一瞬を味わいつくしているようにみえた。草むらや涌き水、樫の木や野生のサフランに向かって歩いていく二人の姿を、壁に身を寄せてじっと見守っていたフアン・メディナオは、自分がいつも以上に鰐足《わにあし》で醜い男になりさがってしまったような気がした。

ファンは、獲物に襲いかかる狼のように素早く馬に飛び乗った。ここへ来るときと同じ心の渇きをおぼえながら、村へ引き返した。

その翌日、ファンは農夫たちの住む小屋を抜けて川へ出た。柳の小枝を透かして少女の姿が目に入った。震える両手を川の水に浸し、洗濯をしている。心持ち中央に寄った少女の両目は、真っ青な色をたたえている。高く昇った朝の太陽に照らされ、髪が淡い輝きを放っていた。丸みを帯びた肩や、鳩を閉じこめたようなふっくらとした喉元にもかかわらず、彼女はあまりにも痩せている印象をファンに与えた。強烈な日差しを浴びながらファン・メディナオの畑を耕しているほかの少女たちと違って、もっぱら家のなかで家事をして暮らしていることは明らかだった。昨晩は、あのパブロ・サカロと一緒だったはずだ。パブロの吐息や、彼の体から発散される小麦のような匂いを胸一杯に吸いこみながら。

「こっちへ来い」ファンが呼びかけると、少女は驚いてふり向いた。湾曲した足を運びながらうつむき加減に近づいてくるファン・メディナオと目が合うと、怯えたような表情を浮かべた。次の瞬間、少女は臆病な鹿のように逃げ出した。未熟でぎこちない動作だった。少女の濡れた両腕から、きらきらと輝く一筋の水が滴り落ち、土のなかへ黒々と吸いこまれていった。ファンは、ある決心を胸に、彼女の後を追った。少女は家のなかへ駆けこむと、慌てて扉を閉めた。ファン・メディナオは木の扉を乱暴に叩いた。周囲の家々は静寂に包まれている。村人たちはみな畑仕事へ出ていた。扉の向こうからは何の返事も聞こえてこない。ファン・メディナオは、大声を出して何度か呼んでみたが、頭上の窓を素早く閉める音が聞こえただけだった。

ファンは両腕をだらりと垂らし、来た道をとぼとぼと引き返した。

しかし、いまや何をなすべきか彼にはよくわかっていた。パブロの不在という状況にけりをつけるためならば、いかなる手段も辞さないつもりだった。弟をあきらめる前に、あらゆる手を尽くそうと決めたのである。弟との別離に気が狂わんばかりのファンは、常軌を逸した興奮にとらわれていた。二つに引き裂かれた人間の苦しみを味わいながら、うつろな樫の老木にでもなってしまったような心持ちだった。彼はいま、風雨にさらされ、蟻や蜘蛛が這うばかりとなった、苔むしてひび割れた樹皮のようなものにすぎなかった。

それから二日後の夜、コルボ家の人々が家にいる時間を見計らって、ファンは、中央アルタミラで買い求めた土産物を携えて村へ出かけた。扉をノックすると、中へ招じ入れられた。少女の母と兄弟たちは、ファンの顔を見ると黙りこんだ。父親は、こちらへ背を向けたまま食事をしている。ファンは立ったまま、だしぬけに用件を切り出した。自分はもう二十三歳の若者であり、結婚を考えている、ひと目見たときからコルボ家の娘が好きになってしまった、聖書にもあるとおり、〈男子が独り身でいることは望ましくない〉。ファンはここまで話すと、髪を手で撫でつけ、返事を待った。

コルボ家の人々は口を閉ざしたままうつむいていた。やがて、少女の父親がふり向いた。その角張った大きな下顎は、すでに咀嚼《そしゃく》をやめていた。まだ十六歳にしかならない娘は、扉の陰に身を隠すようにして、あどけない目を見開き、手のやり場にも困っているようだった。ファン・メディナオは、お伽噺の主人公のような口ぶりで、少女に訊ねた。

「私と結婚してくれないか？」

少女は首を横に振ると、階段を駆け上がった。コルボ家の人々が黙って見守るなか、フアンは贈り物の包みをほどき、さまざまな色のハンカチや銅の首飾り、真珠のロザリオをテーブルの上に広げた。家を出ようとすると、少女の母親が慌てて駆け寄り、彼のために扉を開けた。

「娘さんにはいずれ私の屋敷へ来てもらう。何不自由なく暮らしていけるだろう。家であろうと畑であろうと、娘さんに働いてもらうつもりはない。今晩よく考えてみてくれ。明日のこの時間に返事を聞かせてもらおう」

翌日の晩、少女の家を訪れたフアンは、椅子に座るように勧められた。そこへ少女が呼ばれた。デリアという名前だった。デリアの母親は、コルボ家として娘の結婚に異存はないと切り出した。そして、娘の祖父がもし生きていたら、孫娘の結婚にはきっと反対したでしょうとつけ加えた。デリアの祖父はすでに北西墓地に葬られていた。デリアの目が赤く染まっていた。フアンはそっと彼女の様子をうかがった。彼の目には、春の果実のように未熟で打ちしおれた、愚鈍そうな娘に映った。この前のときと同じく、臆病な鹿のように家の外へ逃げ出そうとしたが、母親に腕をつかまれた。逃れようとしてしきりにもがいたが、平手で頬を叩かれると、わっと泣き出した。五本の指の痕が少女の頬に赤く浮かび上がった。

「二人でゆっくりお話ししなさい」母親がそう言うと、家族は黙って部屋を後にした。

少女は子どものように泣きじゃくっていた。ファンは彼女を荒々しく引き寄せた。涙に濡れた顔が目の前にある。黄金色の睫毛には涙の滴が光っていた。〈あいつはこの娘を愛している。彼女を探しにきっと戻ってくるはずだ。私の家へ連れていけば、あいつも後からやってくるにちがいない〉。ファンは身を屈めるようにして少女にキスした。すると、塩気を帯びた弟の味と匂いが、口のなかに広がった。パブロもまたこの唇に口づけしたはずであり、少女の唇はいまもパブロの夜に湿っていた。沸き立つ血潮に目がくらんだファンは、少女が呻き声を洩らすのもかまわず荒々しく接吻した。そして、彼女の体を突き放すと、そのまま家を出た。壁に打ちつけるようにして開け放たれた扉から、つむじ風に巻き上げられた落葉や土埃が舞いこんできた。舌をだらりと垂らした犬が広場を横切っていた。

ファンは馬にまたがると、司祭に会うために全速力で中央アルタミラへ向かった。時は矢のように過ぎ去った。ある朝、ファンとデリアの二人は、教会の鐘が鳴り響くなか、中央アルタミラで結婚式を挙げた。

パブロの姿はどこにも見当たらなかった。ファンはすでに、結婚の知らせをサロメに託して、彼を探しに行かせていた。

式に参列した人々が低地アルタミラに戻ると、農夫たちは中庭に集まり、彩色したクルミや冬の果実などの贈り物を新郎新婦に差し出した。リンゴの濃厚な香りが中庭に立ちこめた。ファン・メディナオは、楽隊による音楽の演奏を禁じたが、子どもたちには銅貨をふるまった。新婦はまるで誰かに追われているように周囲をきょろきょろ見回しながら、ファン一族の屋敷へ入った。ファン・メディナオの部屋は昔と変わらず殺風景だった。ベッドの上の黒い十字架は、影のような少女の胸めがけていまにも落ちてくるのではないかと思われた。黒い服と黒いショールを身につけたデリアは、部屋の真ん中に立ちつくしていた。窓の外を一羽の鳥が矢のように飛び去った。

ファン・メディナオは不意に踵を返すと、階段を下りていった。人気のない中庭でサロメが待っていた。ファンの胸は高鳴った。まるで影と風が支配する領域に足を踏み入れたような感覚にとらえられた。がっくりと頭を垂れたサロメの靴は、ぬかるみを歩いてきたために泥まみれだった。

「会えたのか?」

サロメは頷いた。ファン・メディナオは彼女の手を荒々しくつかむと、柱の陰に引っぱっていった。

「それで、どんな様子だった?」鉄の鋏《やっとこ》のように相手の手首をきつく締めあげていることなどすっかり忘れて、ファンは答えを促した。

サロメは語りはじめた。パブロを探し当てた彼女は、ファンとデリアが結婚式を挙げたことを告げた。それを聞いたパブロは、思い詰めたような表情を浮かべていたが、サロメは、幼いころパブロの足にガラスの破片が突き刺さったときのように、胸が引き裂かれる思いだった。息子を抱きしめてキスをしてやりたかった。冷えきった心を抱えているにちがいないと思ったからである。これまでずっとデリア・コルボに思いを寄せてきたのだ。しかしパブロはこう言っただけだった。「何をしようと彼女の自由だ」サロメは胸が痛むのを感じながら、「でも、あの娘のことがずっと好きだったんだろう?」と言葉をかけた。「ほかの男に奪われて、お前はそれでも平気なのかい? フアン・メディナオさんは、お前を弟として屋敷に迎え入れたいとおっしゃっている。あの人の言うとおりにするんだよ。そうすりゃあの娘のそばにいることだってできるんだからね」すべては単純明快だった。しかしパブロは、かすかな微笑みを浮かべながら首を横に振った。「それはできないよ」穏やかではあるがきっぱりした口調で言った。「彼女が自分の意思で結婚したのなら、僕がいちいち口出しするわけにはいかないよ。これはあくまでも彼女の問題なんだ。これがもし逆の立場だったら、つまり僕のほうが彼女を捨てて、彼女に犬のようにつきまとわれたとしたら、僕だって耐えられないだろうね。だからこれでいいのさ。思い残すことなく町へ出ていくこともできる。なにせこっちは独り身だから、行こうと思えばいつだって行けるんだ」およそ以上のようなやりとりがあったことをフアンに告げると、サロメは足早に立ち去った。

フアン・メディナオはしばらくその場に立ちつくしていた。まるで、無数の忍び笑いが、そのじっとして動かない体の周りを漂う霊魂のように、フアンを取り巻いているかのようだった。やがて彼は、部屋にひとり残された少女の姿を、黒い影に覆われた痩せた少女の姿を、扉のほうへ伸びる影を引きずった少女の姿を不意に思い出した。次の瞬間、乾いた叫び声が歯列を貫くと同時に、フアンは庭の柵に向かって脱兎のごとく駆け出した。垣根を越えて表へ出ると、何かにとりつかれたように、無我夢中でバラック小屋を越え、森を走り抜けた。汗に濡れたその体を苦い風が抱きしめた。むき出しの秋が深まりつつあった。

フアンは谷間の底にたどり着いた。フアン一族が所有する打ち捨てられた葡萄畑が、静寂のなかに姿を現した。鮮血のような紅《くれない》の太陽が森の彼方に沈み入ろうとしている。フアンは、四肢を引き裂かれたような痛みを、傷口を塩の舌で舐められるような激しい痛みをひしひしと感じていた。パブロはもうここにはいない。逃げ出してしまったのだ。しかし、それはもはやどうでもいいことだった。というのも、たとえパブロを身近に引きとめ、屋敷のなかに閉じこめることができたとしても、おそらく彼はこちらの手の届かないところに身を置き、こちらの魂と肉体、血と心の及ばないところに逃れ去ってしまうにちがいないということがフアンにはよくわかっていたからである。彼は、空無を、不在を運命づけられた人間だったのだ。

このときフアンの目がサロメをとらえた。葡萄蔓と落葉に囲まれ、ひとりで泣いている。頭上から大きな物音が近づいてきた。太鼓を執拗に打ち鳴らすような響きである。フアン・メディナオは身を震わせた。たてがみを風になびかせ、赤銅色の土煙を巻き上げながら、仔馬の群れが山の斜面を猛烈な勢いで駆け下りてくる。馬追いの男の間延びした掛け声が、葉を落とした木々を越えて上空に吸い込まれていく。雨のように降り注ぐ小石が、山の斜面を伝って川のほうへ落ちていった。馬のいななきが昼下がりの空気を切り裂いた。太鼓のような蹄《ひづめ》の轟《とどろ》きは、脈打つフアンの血潮だった。深い絶望がフアンをとらえ、死者を埋葬するように、地面の奥深くへ沈め、押し潰していく。馬の群れが巻き上げる熱を帯びた土煙が鼻や目、耳、口のなかへ入った。フアンは、灼熱の土煙を透かしてサロメを見た。睫毛が瞳に覆いかぶさっているところはパブロにそっくりである。小鼻がかすかに震えているところも、固く結ばれたその唇も、クルミのしぼり汁をすりこんだような肌も、切っ先のように鋭くとがった歯も、息子とよく似ていた。このまま目を伏せていてくれたなら、そして、不在のパブロの赤黒い葡萄酒のような血がその瞼をも満たしていると信じることができたなら。フアンはそう願わずにいられなかった。サロメはすぐそこにいる。光沢のある巻き毛に両頬を撫でられた彼女が、目の前に立っている。フアンはその首に、丸みを帯びたその顎先にむしゃぶりついた。空虚な動機になんとかしてしがみつこうとしたのだ。リンゴと小麦の香りが、不在と不可能性の孔《あな》を穿《うが》たれ、遠くへ逃げていった。フアンは獅子のように喘ぎながら、粘り気のある黄色い落葉の上にサロメを押し倒した。疾駆する仔馬の蹄《ひづめ》の轟《とどろ》きは、いまやフアンの血潮に、フアンの瞳に溶けこんでいた。仔馬の群れは、苔や小石に足を滑らせながら川を渡った。断末魔の叫びを思わせる馬追いの掛け声とともに、泥の雨が二人の上に降り注いだ。蹄の音が次第に遠ざかっていく。すべてのものが、すべての人間がやがて消え失せていくように。

「神父さま、日ごと年老いていく私の罪は、大食と怠惰なのでございます」

フアン・メディナオは告解を終えた。年若い司祭は、蠟のような白い手で罪の赦しを与えた。これで明日は、聖体を拝受し、鐘の音に耳を傾けることができるだろう。

8

埋葬の準備が整った。死んだ少年の母親は、バラック小屋の入り口に立ったまま、わが子の亡骸を傷つけないでほしいと老医師に懇願していた。医師は、母親を押しのけるようにして小屋へ入った。馬車に轢かれ、張り裂けた遺体は、すでに腐敗の兆候を見せはじめ、小屋に満ちた悪臭がガラス窓を曇らせていた。土気色の顔をしたペドロ・クルスは、ベレー帽を握りしめている。

老医師は、先の曲がった葉巻に火をつけると、遺体を覆い隠している紙のリボンや花飾りの前で祈りを捧げた。それが終わると、今度はナイフを取り出し、紙のリボンを引き裂いた。横たわる遺体の萎びた傷口がむき出しになった。レモン色の両手の青黒い爪が、まるで舞台化粧を施されているようで、ひときわ目を引いた。母親は、黒い巻き毛に覆われた息子の頭が医師の手の動きに合わせてこつこつ床を打つのを見るのがいかにも辛そうだった。

「おい、しっかりするんだ。息子はもう何も感じちゃいないんだから」ペドロ・クルスは苛立ちながら、悲痛な声を洩らした妻をたしなめた。

「あんたに何がわかるのさ?」女はハンカチをきつく噛みながら言い返した。

若い司祭は目を閉じ、死者のために祈りを捧げた。フアン・メディナオは、物陰に隠れるようにして、その様子をじっと眺めている。

小屋の外では、まるで洗礼の儀式が終わるのを待ちわびているように、村の子どもたちが集まっていた。寒さに足をばたつかせている子どもたちのなかの二人が、笑いさざめきながら取っ組み合いを演じ、地べたを転げまわっていた。遺体が家の外へ運び出されたとき、その口には、近所の女たちの手によって、布切れでこしらえた花飾りが挿されていた。子どもたちは一列に並んだ。彼らのなかには、ディンゴの壊れた馬車のかけらを戦利品のように抱えたり、腰に挟んだりしているものもいた。フアン・メディナオは、ペドロ・クルスと並んで歩きながら、葬列を率いた。

過ぎ去りし少年時代のことをディンゴはもう何も覚えていない。あの頃のことなどすっかり忘れてしまったのだ。人間はいかに忘れっぽい生き物であることか。ファンは、ペドロ・クルスの息子の亡骸に付き従いながら、母の埋葬の場面をまざまざと思い起こしていた。今日と同じ話し声や足音、北西墓地への葬送が記憶によみがえった。

墓地では、子どもたちが一団となって土塀によじ登り、旅芸人のトランクから持ち出した仮面をかぶって遊んでいた。ペドロ・クルスは、いかにも羊飼いらしい胴間声を張り上げながら、石を投げつけて子どもたちを追い払った。「シッ、シッ、シッ！」その頬には一筋の涙が光っている。たった一人の息子を失ってしまったのだ。土塀の上に身を横たえた三匹の猫は、日差しを浴びた頭に輪光を頂《いただ》き、まるで小さな聖人像のようだった。司祭の手には、黒い表紙の祈禱書が握られ、小刻みに震えている。老医師はポケットからボカディーリョ［フランスパンを用いたサンドイッチ形式の食べ物］を取り出すと、それにかじりついた。噛むたびに、大きすぎる入れ歯が外れそうになった。少年の亡骸は木製の棺桶に入れられ、蓋が釘づけされた。遺体の両腕を組み合わせることはできなかった。男たちは汗をかきながら釘をしっかりと打ちこんだ。医師はハンカチで口もとを拭い、歯と歯茎のあいだの隙間を小指でほじくっている。歯茎からは血が滲み出ていた。「神に栄《は》えあれ……」まだ七歳にもならないペドロ・クルスの息子のために、司祭は祈りの文句を唱えはじめた。

墓穴に納められた棺には、上から土をかける習わしになっている。しかし、経験の浅い新米司祭は、子どもたちがわっと押し寄せて土をすくい上げ、棺に向かって我さきに投げつけるのを見ると、思わず後ろへ退いた。小石まじりの土は、棺に当たって鈍い音をたてた。これまで山暮らしをつづけてきたペドロ・クルスも、そうした光景は見慣れなかったのだろう、ふたたび「シッ、シッ、シッ!」と言いながら子どもたちを追い立てた。そして、うなだれたまま踵を返すと、遠くへ走り去った。墓地の柵を越え、気が触れたように無我夢中で駆けていく。女たちがふり返り、その後ろ姿を見送った。「神に栄《は》えあれ……」祈りの文句が、吹き寄せる風のように幾度も繰り返された。それがまだ終わらないうちに、家畜の群れを率いたペドロ・クルスが山の斜面を登っていく姿が見えた。舞い上がる黄色い土煙は、山の頂《いただき》に向けられた叫び声のようだった。

村の子どもたちは、司祭からお駄賃をもらおうと、倒れた十字架を元通りにする仕事をはじめた。老医師は懐から手帳を取り出すと、検死の所見を書きつけた。

訳者あとがき

本書は、スペインの女流作家アナ・マリア・マトゥテ（一九二五〜）の中篇小説『北西の祭典』*Fiesta al Noroeste*（一九五三）の全訳である。

スペイン語圏でもっとも権威ある文学賞のひとつ、セルバンテス賞の二〇一〇年度の受賞者アナ・マリア・マトゥテは、アルカラ大学で行われた受賞式典に、スペイン国民には夙《つと》におなじみの清楚で上品な姿を現した。車椅子に座ったままスピーチ原稿を読み上げる八十五歳のマトゥテは、受賞について、「大きな喜びを感じると同時に、スピーチ――たとえそれがどんなにささやかなものであれ――をしなければならないという状況よりは、たとえば三つの長篇小説と二十五の短篇小説を立て続けに書かなければならないという状況に追い込まれたほうが、自分にとってははるかに望ましい」と、ユーモアをまじえながら喜びを語った。その控え目な言葉の端々からは、文学に寄せる並々ならぬ愛情と情熱が伝わってくる。たとえば、文豪セルバンテスの代表作『ドン・キホーテ』のなかの有名な逸話——田舎娘アルドンサを優美なる女性ドゥルシネアに、巨大な風車を恐ろしい怪物に〈変容〉させてしまった主人公ドン・キホーテの狂気——を引き合いに出しながら、文学における〈想像＝創造〉のメカニズムに着目し、それがはらむ無限の可能性を高らかに称揚するところなど、物語ることはすなわち生きることであると断言するマトゥテの文学に寄せる変わらぬ信頼を物語るものといえよう。

一九二五年、バルセロナの中流家庭に生まれたアナ・マリア・マトゥテ・アウセホは、幼いころからさまざまな本に囲まれて育った。『不思議の国のアリス』や『ピーターパン』、アンデルセンやグリムの童話に夢中になり、五歳のころには、挿絵入りのショートストーリーを自ら創作することまでしている。近所の公園にやってくる見知らぬ老人が粗末な木の人形を操って次々と寸劇を披露するのを見て、自作の物語を素朴な人形劇に仕立てることを覚えたのもこのころである。

八歳のときに重い病気を患ったマトゥテは、療養を兼ねてスペイン北部リオハ地方の山村マンシージャ・デ・ラ・シエラに住む母方の祖父母の家に預けられた。マトゥテが少女時代を送ったこの美しい村は、本作『北西の祭典』に登場する架空の村〈アルタミラ〉のモデルになったほか、『亡き息子たち』（一九五八）や『アルタミラ物語集』（一九六一）といった作品の舞台としても知られる。マンシージャ・デ・ラ・シエラで過ごした少女時代の思い出は、自伝的な作品『道の半ばで』（一九六一）や『川』（一九六三）のなかに織りこまれている。『北西の祭典』においても、主人公フアン・メディナオの寄宿生活をめぐる苦い思い出のなかにその痕跡をとどめている。

その後、マドリードのカトリック系の学校を卒業したマトゥテは、十七歳にして小説『人形芝居』を書き上げる。作品のタイトルは、人生を一種の人形劇に見立てるマトゥテ文学の特質を早くも予告するものとなっている。この作品をめぐっては、当時デスティノ社の社主を務めていたイグナシオ・アグスティがいち早く目をつけ、三千ペセタの出版契約金をマトゥテ側に申し出たという逸話が残されている。実際に『人形芝居』が日の目を見るのは、それから十一年後の一九五四年、プラネタ賞の受賞という思わぬ幸運と重なった。

マトゥテの作家としてのデビューを飾ったのは、カインとアベルの物語に着想を得た小説『アベル家の人々』（一九四八）である。ミゲル・デリベスの『糸杉の影は長く』に敗れはしたものの、ナダル賞の最終選考まで残ったこの作品は、新進作家マトゥテの登場を華々しく告げるものであった。その後、本作『北西の祭典』によるカフェ・ヒホン賞の受賞や、五四年の『人形芝居』によるプラネタ賞の受賞などを経て、作家としての地歩を固めると同時に、幼少期の思い出や内戦の記憶に支えられたマトゥテ文学の骨格が定まった。五八年には『亡き息子たち』を発表、同年の批評家賞と翌五九年の国民文学賞を受賞する。六〇年代に入ると、三部作『商人たち』を書き上げる。その第一部『最初の思い出』は、内戦の時代を背景に二人の若い男女の恋愛を描いたもので、五九年に念願のナダル賞を獲得した。六四年には第二部『兵士たちは夜に泣く』を、六九年に第三部『罠』を発表、七一年には、中世ヨーロッパに舞台を据えた英雄譚『望楼』を世に送り出す。

だが、作家として順風満帆のキャリアを歩んでいるかにみえたマトゥテは、その後、長らく創作活動から遠ざかることになる。この空白期間についてマトゥテは、二〇〇〇年に行われた〈ABC〉紙でのインタビューで、重度の抑鬱による創作意欲の減退に見舞われたことを告白している。一九八三年に発表した短篇集『片っぽだけ裸足《はだし》』で国民児童文学賞を受賞、長いスランプからようやく抜け出すことができた。一九九七年に刊行された大作『忘れられたグドゥ王』は、『望楼』につづく中世ヨーロッパもので、物語作家としてのマトゥテの力量をあらためて印象づける作品となった。その後もいくつかの長篇や短篇小説を発表、二〇〇八年には『無人のパラダイス』を上梓している。

これらの作品のほかに、子ども向けの物語を数多く手がけていることも見逃せない。マトゥテによると、病弱な息子に語り聞かせるための物語を書きはじめたことがきっかけとなって、児童文学作家としてのキャリアを本格的に歩むことになったという。現実の暗い側面に光をあてたペシミスティックな作風が目を引く大人向けの物語とは対照的に、ファンタジーや友情、夢や希望を明るく歌い上げたものが多い。

その幅広い創作活動によって早くから注目を集めていたマトゥテは、国内のおもだった文学賞を手にしただけでなく、ノーベル文学賞の有力候補と目されることもしばしばであった。一九七六年には、翌年にこの賞を射止めることになるスペインの詩人ビセンテ・アレイクサンドレではなく、アナ・マリア・マトゥテを推す声がスウェーデン・アカデミーを母体とする選考委員会の中から上がったという。

小説の執筆と並行して、ヨーロッパやアメリカで数多くの講演をこなしたり、アメリカのインディアナ大学ブルーミントン校やオクラホマ大学、バージニア大学に客員教授として招かれるなど、欧米を股にかけた精力的な活動によっても知られる。一九九七年には、女性としては史上三人目となるスペイン王立アカデミーの正会員の椅子を与えられ、現在にいたるまで〈K〉席を占めている。

ここで本作『北西の祭典』について簡単に触れておこう。

物語の舞台である〈アルタミラ〉の中心を占める死＝北西墓地という構図についてはあらためて言うまでもないだろう。それは、にぎやかな祭りが行われる広場とは対照的に、村人の死をつかさどる陰の中心点として、物語を一定の方向に導く役割を果たしている。とはいえ、両者はけっして相対立するものではなく、日常を越えた聖なる祝祭の場として機能している点で、同質の象徴性を具《そな》えているといえるだろう。最終章における北西墓地への葬送の場面は、死の祝祭を象徴するものとして、とりわけ重要な意味を帯びているが、ディンゴを魅了してやまない広場での見世物や物語の背景をなす謝肉祭のにぎわいも、晴れやかな生の讃歌としての側面と同時に、陰鬱な死の色調《トーン》に染め上げられたものとして描かれており、生と死の弁証法にもとづく聖なる祝祭の空間を形づくっていることは明らかである。そのような両義性の上に成り立つ祝祭こそ、本作に一貫して流れるモチーフであり、作者の想像力から生み出された架空の村〈アルタミラ〉

の本質をなすものでもある。作品のタイトルに含まれる「祭典《フィエスタ》」も、こうした文脈のなかで理解する必要があるだろう。

ところで、フランコ独裁政権下、厳しい検閲にさらされていたスペイン人作家の多くは、自国の現状や歴史を何らかのかたちで作品のなかに取りこむ場合、内戦や独裁、教会権力や社会的抑圧といったデリケートな話題に直接触れるのではなく、それらを間接的なやり方で、つまり、他の話題やテーマに事寄せるかたちで巧みに物語世界のなかに滑りこませる方法を選んだ。内戦の惨禍をめぐる告発や独裁政権に対する批判など、通常の記述によっては当局の目を引きかねない〈危険思想〉が、政治とは無縁の日常的な出来事や既成の物語の枠組みを借りて、あるいは、さまざまな仄《ほの》めかしの手法を通じて、読者のもとに送り届けられたのである。

マトゥテの『北西の祭典』も、聖書に記されたカインとアベルの物語の枠組みを踏まえることによって、スペイン史上もっとも酸鼻を極めた〈兄弟殺し〉ともいうべき内戦の惨禍を暗に指し示す仕組みになっている。マトゥテ自身述べているように、主人公フアン・メディナオが頑迷固陋な権威主義者、典型的な地主階級に属する人物であるのに対し、異母弟のパブロ・サカロは、旧弊な伝統や風習を打破し、自らの力で人生を切り開いていく進取の気性の持ち主として描かれている。私たちはそこに、市民戦争において雌雄を決することになる二つのスペインの激しい相克のドラマを重ね合わせることもできるだろう。

マトゥテは、『北西の祭典』のほかにも、処女作『アベル家の人々』や『亡き息子たち』、『最初の思い出』など、カインとアベルの物語を下敷きにした作品をいくつか手がけており、このテーマに寄せる作者の並々ならぬ関心がうかがえる。

ちなみに、検閲に関して言うと、マトゥテ自身、スペイン内戦を背景にした小説『蛍』の出版が当局によって差し止められるという苦い経験を味わっている。マトゥテはのちにこの作品を書き直し、『この地にて』というタイトルで五五年に発表するが、作品の出来栄えに満足できず、フランコの死後十七年経った一九九二年に、オリジナルの作品を手直しした『蛍』を刊行するに至っている。

スペイン内戦は一九三六年、マトゥテが十一歳のときに勃発した。多感な少女の胸に刻まれた内戦の記憶が、その後の人生を大きく左右するものであったことは想像に難くない。マトゥテの回想によると、家族で身を寄せ合って爆撃の恐怖に耐えた経験が、皮肉なことに、それまで彼女を悩ませていた吃音を治すことになったという。スペイン内戦は、まさに「世界がひっくり返ってしまったような衝撃」を当時の人々に与えたのであり、マトゥテと同世代の少年少女たちは、好むと好まざるとにかかわらず、この歴史的大事件の刻印を帯びた人生を歩むことになるのである。

そうしたことを念頭において『北西の祭典』を読み直すと、作品が発表された当時のスペインの状況が、物語の舞台となっているアルタミラにも微妙に影を落としていることがわかる。長らく国際社会から孤立し、強権支配による弾圧の恐怖が社会全体を覆っていたフランコ独裁政権下のスペインの抑圧的な雰囲気が、文明社会から隔絶したかのようなアルタミラの閉塞的な環境にも通じるように思われるのである。また、ともに厳格な父親という〈権力〉から逃れることを夢見つつ、最後はアルタミラにとどまることになる主人公のフアンと、旅芸人の後を追って遍歴の旅に出るディンゴの両者は、内戦を耐え忍んで国内に残留した人々と、国外での生活に活路を求めて祖国を後にした亡命者たちの姿に重なって見えてくる。

いずれにせよ、物語に一貫して流れる重苦しい雰囲気が、当時の時代背景と切り離せないことは確かだろう。

マトゥテ文学の特徴として、内戦および内戦後の社会のありようを浮かび上がらせる社会派小説としての側面と、詩的情趣あふれる物語世界を志向する芸術的側面が見事にバランスを保っていることが挙げられる。『北西の祭典』における前者の側面についてはすでに見たとおりだが、後者についてもその例は枚挙にいとまがない。短い作品ながら、ことばの意想外の組み合わせにもとづく独特の比喩表現を駆使した文体は、翻訳に際し少なからぬ困難をもたらした。共感覚の手法を用いた描写や撞着語法、あるいは、スペイン表現主義の画家ホセ・グティエレス・ソラーナの作品に比されることもあるマトゥテ特有の色彩のシンボリズムなど、趣向を凝らした言い回しも随所にちりばめられている。できるだけ原文に忠実に、わかりやすい日本語に置き換えたつもりだが、それがどこまで成功しているかははなはだ心もとない。読者諸氏のご批判、ご叱正を請う次第である。

翻訳にあたっては、底本として Ana María Matute, *Fiesta al Noroeste*, Cátedra, Madrid, 1994. を使用し、英訳本 *Celebration in the Northwest*, translated by Phoebe Ann Porter, University of Nebraska Press, 1997. を適宜参照した。

本書は、セルバンテス文化センター協賛の翻訳プロジェクト〈セルバンテス賞コレクション〉の一つとして、スペイン文化省の助成金を得て翻訳・刊行されたものである。スペイン文化省、セルバンテス文化センター、現代企画室の太田昌国氏をはじめ、ご支援、ご協力を賜ったすべての方々にこの場を借りて厚くお礼を申し上げたい。

二〇一二年一月

大西　亮

【著者紹介】

アナ・マリア・マトゥテ Ana María Matute（1925 ～）

1925 年、バルセロナの中流家庭に生まれる。カインとアベルの物語に着想を得た小説『アベル家の人々』（1948）で作家としてデビュー、『北西の祭典』（1953）、『人形芝居』（1954）、『亡き息子たち』（1958）、『最初の思い出』（1959）、『アルタミラ物語集』（1961）、『兵士たちは夜に泣く』（1964）、『罠』（1969）など、幼少期の思い出や内戦の記憶に支えられた作品を発表し、カフェ・ヒホン賞やプラネタ賞、ナダル賞をはじめ、数々の賞を獲得した。中世ヨーロッパを舞台とした英雄譚『望楼』（1971）を世に送り出す一方、ファンタジーや友情、夢や希望を明るく歌いあげた子供向けの物語も数多く手がけ、83 年には『片っぽだけ裸足』で国民児童文学賞を受賞する。その後もいくつかの長篇や短篇小説を執筆、『望楼』につづく中世ヨーロッパものの大作『忘れられたグドゥ王』（1997）や『無人のパラダイス』（2008）などがよく知られている。97 年、女性としては史上三人目となるスペイン王立アカデミーの正会員に選ばれ、2010 年にはスペイン語圏でもっとも権威ある文学賞のひとつセルバンテス賞を受賞、国際的な名声を不動のものとした。

【翻訳者紹介】

大西亮（おおにし・まこと）

1969年横浜市生まれ。現在、法政大学国際文化学部准教授。専門はラテンアメリカ現代文学。訳書にアドルフォ・ビオイ＝カサーレス『メモリアス』（現代企画室、2010年）、セルヒオ・ピトル『愛のパレード』（同、2011年）がある。

北西の祭典

発　行　2012年4月25日初版第1刷1200部
定　価　2200円＋税
著　者　アナ・マリア・マトゥテ
訳　者　大西亮
装　丁　本永惠子デザイン室
発行者　北川フラム
発行所　現代企画室
東京都渋谷区桜丘町15-8-204
Tel. 03-3461-5082 Fax 03-3461-5083
e-mail: gendai@jca.apc.org
http://www.jca.apc.org/gendai/
印刷所　中央精版印刷株式会社

ISBN978-4-7738-1212-1 C0097 Y2200E

セルバンテス賞コレクション

①作家とその亡霊たち　エルネスト・サバト著　寺尾隆吉訳　二五〇〇円

②嘘から出たまこと　マリオ・バルガス・ジョサ著　寺尾隆吉訳　二八〇〇円

③メモリアス——ある幻想小説家の、リアルな肖像　アドルフォ・ビオイ＝カサーレス著　大西亮訳　二五〇〇円

④価値ある痛み　フアン・ヘルマン著　寺尾隆吉訳　二〇〇〇円

⑤屍集めのフンタ　フアン・カルロス・オネッティ著　寺尾隆吉訳　二八〇〇円

⑥仔羊の頭　フランシスコ・アヤラ著　松本健二／丸田千花子訳　二五〇〇円

⑦愛のパレード　セルヒオ・ピトル著　大西亮訳　二八〇〇円

⑧ロリータ・クラブでラヴソング　フアン・マルセー著　稲本健二訳　二八〇〇円

⑨澄みわたる大地　カルロス・フエンテス著　寺尾隆吉訳　三二〇〇円

⑩北西の祭典　アナ・マリア・マトゥテ著　大西亮訳　二二〇〇円

⑪アントニオ・ガモネダ詩集（アンソロジー）　アントニオ・ガモネダ著　稲本健二訳　【近刊】

⑫ペルソナ・ノングラータ（要注意人物）　ホルヘ・エドワーズ著　松本健二訳　【近刊】

税抜表示　以下続刊（二〇一二年四月現在）